古诗文中的科学 ①

刘兴诗◎著

黑龙江少年儿童出版社

图书在版编目（CIP）数据

古诗文中的科学. 1 / 刘兴诗著. -- 哈尔滨 ： 黑龙
江少年儿童出版社，2022.6（2023.7重印）
ISBN 978-7-5319-7639-4

Ⅰ．①古… Ⅱ．①刘… Ⅲ．①古典诗歌－诗歌欣赏－
中国－少儿读物②科学知识－少儿读物 Ⅳ．
①I207.2-49②Z228.1

中国版本图书馆CIP数据核字(2022)第107172号

古诗文中的科学 1

Gushiwen Zhong De Kexue 1

刘兴诗◎著

出 版 人：张　磊
项目统筹：华　汉
项目策划：张　磊
责任编辑：顾吉霞　唐　慧
责任印制：李　妍　王　刚
封面设计：周　飞
插　　画：陈　晶
内文制作：文思天纵
出版发行：黑龙江少年儿童出版社
　　　　　（黑龙江省哈尔滨市南岗区宣庆小区8号楼 邮编：150090）
网　　址：www.lsbook.com.cn
经　　销：全国新华书店
印　　装：天津旭丰源印刷有限公司
开　　本：787 mm×1092 mm 1/16
印　　张：8
字　　数：70千
书　　号：ISBN 978-7-5319-7639-4
版　　次：2022年6月第1版
印　　次：2023年7月第2次印刷
定　　价：29.80元

前　言

　　中国自古就有"文以载道"的说法。古诗文作为历史和文化的重要载体，凝聚着中华民族的精神内核，拥有着广阔而深刻的内涵，在世界文坛中闪耀着独特的光芒。古诗文不仅是一种优美的文学形式，它还包含了古人对宇宙万物的细致探索，对时岁节气的美好愿望，对亲朋好友的深情厚爱，是古代中国生活浪漫化的记录，也是中华文化生生不息的见证和保障。

　　以往提到古诗文，我们首先想到的是它的文学价值，却很少想到，它还有科学性的一面。如果只看表面，诗词歌赋与科学截然不同，一个是人类情怀累积至一定程度后，如火山爆发般瞬间喷薄而出；一个是在极度理性、客观的状态下，经过长期的研究、论证得出的经得起推敲的观点。它们看上去毫不搭界，但请不要忘记，它们都是基于人们对于生活的深刻洞察和伟大的创造力诞生的。总之，无论是文学还是科学，抑或其他的文明产物，都是人类智慧的具象化呈现。文学史与科学史的发展很长一段时间内并驾齐驱，古代的文人墨客自然可以通过文学这种表现手法描摹事物、阐明哲理、借景抒情，与科学产生奇妙的联系。

刘兴诗老师以科学语言展现情景，对《古诗文中的科学》精选的百余篇古诗文润泽描摹，在文学与科学之间搭起了一座严谨而不失童趣的桥梁，带领读者一同领悟古诗文的内在。一首首情韵盎然、铿锵有力的古诗文，承载着源远流长的中国历史，承载着先贤的思想智慧，展示着中国文化的独有魅力。孩子从科学的角度探索学习古诗文，能够获得雅致的情趣，博大的人文情怀和强大的文化自信，从而构筑起中华民族精神的根基。

目 录 MULU

渔家傲·秋思

宋 范仲淹

塞下①秋来风景异，衡阳雁去②无留意。四面边声③连角起，千嶂④里，长烟落日孤城闭。

浊酒一杯家万里，燕然未勒归无计。羌管悠悠⑤霜满地，人不寐⑥，将军白发征夫泪。

注释

①塞下：边界要塞之地，这里指西北边疆。

②衡阳雁去：秋天北雁南飞，传说至湖南衡阳回雁峰而止。

③边声：边塞特有的声音，如大风、号角、羌笛、马嘶鸣等声音。

④千嶂：层峦叠嶂。

⑤悠悠：形容声音飘忽不定。

⑥不寐：睡不着。

衡阳雁去无留意

这是范仲淹写的《渔家傲·秋思》。不消说，词中表现的就是秋天的景色了。抬头看，黄昏的太阳沉落进层峦中，一股烽烟在空中静静飘散。边城的城门紧紧关闭着，耳畔传来悠悠的羌笛声，显得异常悲怆凄凉。

再一看，秋风里一行大雁南飞，渐渐不见了影子。在这空旷的天地间，大雁没有一丁点儿留下的意愿。

为什么这些大雁叫作"衡阳雁"呢？

古人认为，南飞的大雁不会飞过南岳衡山。那里有一座回雁峰，就是南飞的大雁过冬的地方。

一听回雁峰这个名字，就可以想象这里是大雁回返的地方了。

你不信吗？有书为证。

《楚志》记载："衡州有回雁峰，雁至此不过，遇春而回。"

你看，书里不是说得清清楚楚：大雁飞到这里就不再往南飞了，一直住到第二年春天才飞回北方。

元代一位叫与恭的僧人也曾作诗道："官路迢迢野店稀，

薄寒催客早添衣。南分五岭云天远,雁到衡阳亦倦飞。"

这个说法几乎成了人们公认的定论。唐代诗人王勃在《滕王阁序》中写道:"雁阵惊寒,声断衡阳之浦。" 北宋政治家王安石也写过"万里衡阳雁,寻常到此回"的诗句。由此可见,大雁在回雁峰过冬的说法,已经深深地印在了人们的心里。

大雁真的飞到衡阳时因为筋疲力尽,不想再往南飞了吗?

北宋时期有名的宰相寇准到了衡阳南边的春陵,抬头看见一群大雁南飞,也写了一首诗,其中有"谁道衡阳无雁过?数声残日下春陵"两句。

古代的春陵在哪儿?就是今天湖北枣阳的南边。接着再往南飞,就飞过五岭山脉,飞到温暖的广东和海南了。事实证明,南飞的大雁几乎都飞过五岭山脉,一直飞到温暖如春的南海边越冬。

其实,早在唐代宗大历二年(公元 767 年)十一月二十五日,岭南节度使徐浩就看见一群大雁飞过五岭,一直飞到岭南地区。他觉得很奇怪,还专门上奏给皇帝呢。这应该算是最早发现大雁飞到五岭以南的记载了。

河湟①书事二首·其二

元 马祖常

波斯②老贾③渡流沙④，

夜听驼铃认路赊⑤。

采玉河边青石子，

收来东国⑥易桑麻。

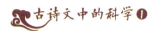

采玉河边青石子

这首诗里藏着两个问题。

第一个问题：为什么骆驼能在沙漠里认路？

第二个问题：这个波斯老商人在河边拾到的"青石子"是什么？为什么可以用它来中国交换东西？

第一个问题是动物学的问题。骆驼号称"沙漠之舟"，它的脚掌又宽又大，不容易陷进松软的沙子里。脚掌下面有一层厚厚的角质垫，不怕烫伤。可以自由关闭的鼻孔和长长的睫毛让它不怕漫天的风沙。为了在沙漠里生存，骆驼还练就了寻找水源的本领，加上它还能调节体温，储备水分和脂肪，有了这些本领，骆驼就能够适应恶劣的沙漠环境，在沙漠里长途跋涉了。

第二个问题是地质学的问题。诗中说得明明白白，这是在采玉河边拾取青石子。诗中所说的"青石子"就是玉石啊！著名的和田玉，自古以来就出产自和田。《史记·大宛列传》中记载："汉使穷河源，河源出于阗，其山多玉石。"说的就是这个地方。其实，这个地方的名字就透露了盛产玉石的信息。于阗，是"玉城"的意思。到了清代，虽然是同样的"玉城",但是于阗被音译为和田。

玉石形成于古老的变质岩里,昆仑山中蕴藏着很多玉石。采玉石非常简单。每年夏天山上的冰雪融化了,汹涌的山洪冲来许多石块,其中就夹杂着许多大大小小的玉石。洪水消退后,趁着月色在山溪边寻找,瞧见哪块泡在水里的鹅卵石反射出亮晶晶的光芒,准就是玉石了。

在这些山溪中,以白玉河、绿玉河和乌玉河最有名。听见这些名字,就知道每条溪谷里有什么颜色的玉石了。

白玉河出产的玉石最好,人们叫它玉龙喀什河,意思就是"采玉河"。这儿出产的羊脂玉晶莹透亮,是玉石中最贵重的白玉王。

惠崇①春江晚景

宋 苏轼

竹外桃花三两枝，

春江水暖鸭先知。

蒌蒿②满地芦芽③短，

正是河豚欲上④时。

注释

①惠崇：北宋名僧，能诗善画。这首诗是苏轼为惠崇的画作《春江晚景》所写
的题画诗。

②蒌蒿：草名，有青蒿、白蒿等品种。

③芦芽：芦苇的嫩芽，可食用。

④上：指逆江而上。

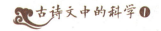

正是河豚欲上时

啊，河豚，叫人又爱又怕的鱼儿。

为什么人们爱它？

因为河豚好吃啊！人们将它和长江刀鱼、鲥鱼称为长江三鲜，而河豚是这"三鲜"之冠。古代有一个谚语说："不食河豚，焉知鱼味？食了河豚，百鱼无味。"

这个谚语说的是河豚实在太好吃了。吃过河豚觉得这才是真正的美味，再也不想吃别的鱼了。

为什么人们怕它？

因为它有毒呀！据说，1 克河豚毒素就能毒死 500 人。这比砒霜还厉害，人们怎么能不怕它呢？

苏东坡在《戏作鱼一绝》里写道："粉红石头仍无骨，雪白河豚不药人。寄语天公与河伯，何妨乞与水精鳞。"说的也是一样的意思。请注意他给这首诗题名一个"戏"字，虽然是调侃的语气，但也从侧面说明了，谁真敢乱吃河豚，不"中毒"才奇怪了。

河豚长什么样子？它一般长一尺左右，体重约 1000 克。身体好像一个圆筒，又短又肥厚。带花纹的黑褐色背脊，配上白肚皮，身上光溜溜的，没有鱼鳞。尾巴细细的，很像一只大蝌蚪。河豚的嘴巴很小，露出牙板，模样怪怪的。

有趣的是它的肚皮里面有一个很大的气囊，遇着敌人或者受到惊吓时，立刻就鼓满气，将身体胀大至原来的两至三倍，并发出"咕咕"的"叫声"，以恐吓想要进攻的敌人。

河豚的名字虽然带一个"河"字，却是一种暖水性海洋底栖鱼类，有100多个品种，世界上许多地方都有它的踪迹。我国的长江口附近最多。它主要栖息在大海里，每年春天游进河里产卵，所以人们误以为它是河里的鱼儿，取了河豚这个名字。

河豚的毒素主要集中在肝脏、血、眼睛、生殖腺里，如果有一丁点儿没有清理干净，就会使人中毒。

河豚什么时候最多？

人们说它"立春出江中，盛于二月"。前面所举的苏东坡那首诗中也说得清清楚楚，在"竹外桃花三两枝，春江水暖鸭先知"的时候，就是"河豚欲上时"了。

好好管住自己的嘴巴吧。自己的生命最重要，这样的毒鱼最好别轻易碰它。

锦瑟①

唐 李商隐

锦瑟无端②五十弦③，一弦一柱思华年。

庄生晓梦迷蝴蝶，望帝春心托杜鹃。

沧海月明珠有泪，蓝田日暖玉生烟。

此情可待成追忆？只是④当时已惘然⑤。

注释

①锦瑟：绘有花纹的瑟，这里是对瑟的美称。

②无端：没有来由地，无缘无故地。

③五十弦：传说古瑟有五十根弦，后来的瑟多为二十五根弦。

④只是：类似"止是""仅是"，有"就是""正是"之意。

⑤惘然：迷惘，茫然。

望帝春心托杜鹃

这首诗里的"望帝春心托杜鹃"是什么意思？

这句诗中藏着一个故事。来自西边龙门山中的古代蜀国国王杜宇，又被人称作望帝。据说他在位的时候洪水泛滥，多次治理却没有效果。后来从东边来了一个叫鳖灵（又叫丛帝）的人治好了洪水灾害，并以此逼迫杜宇让位，杜宇只好退回西边山中，日日夜夜梦想做回国王却不能够。春天到来的时候，他变成一只杜鹃鸟，飞回成都平原，一声声啼叫着，提醒人们准备种庄稼。

杜鹃就是布谷鸟，每年的春季，总是在田野里飞来飞去，"布谷布谷"地叫着，仿佛真的是在提醒人们赶快种庄稼呢。人们仔细听它的声音，觉得又像在呼叫"不如归去，不如归去……"，并因此产生了许多联想。朱熹在诗中写道："不如归去，孤城越绝三春暮。故山只在白云间，望极云深不知处。不如归去不如归，千仞冈头一振衣。"范仲淹也写道："夜入翠烟啼，昼寻芳树飞。春山无限好，犹道不如归。"说的都是杜鹃。

杜鹃又叫子规，地球上到处都有它的影子，特别在我

国南方和东南亚地区最多。它好像很害羞，喜欢躲藏在树林和灌木丛里，常常只听见它的声音，却看不见它的身影，显得神秘兮兮的。

杜鹃有许多种类。常见的一种，个头儿比鸽子小，背部呈暗灰色，腹部布满黑褐色的条纹，有的是红色或白色的斑纹。有的杜鹃是明亮的鲜绿色，隐藏在树丛中很不容易被发现。有的热带杜鹃的背部和翅膀蓝艳艳的，映照在热带阳光下，飞起来特别显眼。

杜鹃啼叫的时候，正是杜鹃花漫山遍野开放的季节。人们瞧见杜鹃嘴上有红色的斑点，认为是它苦苦啼叫，咳出血后留下的印迹。而红艳艳的杜鹃花就是杜鹃咳出的血滴落花上而染红的，所以有了"杜鹃啼处血成花"的说法。

杜鹃是一种益鸟。据统计，一只杜鹃每小时能吃100多条毛毛虫。请你算一算，它一天要吃掉多少条毛毛虫？它还喜欢吃其他害虫，是果园和松林的忠诚卫士。

杜鹃这样逗人喜爱，却不会安排自己的生活。

它不会做窝，也不会孵蛋，总是悄悄把蛋下在别的鸟儿的窝里，让别的鸟儿给它孵蛋。让人生气的是，孵化出来的小杜鹃非常霸道，常常把窝里其他小鸟挤走，自己霸占别人家的窝，实在太不光彩了。

聊斋志异·促织①（节选）

清 蒲松龄

宣德间，宫中尚促织之戏，岁征民间。此物故非西产；有华阴令欲媚上官，以一头进，试使斗而才，因责常供。令以责之里正。市中游侠儿②得佳者笼养之，昂其直，居为奇货③。里胥猾黠，假此科敛丁口④，每责一头，辄倾数家之产。

……

注释

①促织：蟋蟀的别名。

②游侠儿：此处指游手好闲、不务正业的年轻人。

③奇货：稀奇的货物。

④科敛丁口：向百姓征税、摊派费用。丁口，即人口。成年男子称丁，女子及未满十六岁男子称口。

斗蟋蟀的故事

这个故事说的是明宣宗在位时，皇宫里流行斗蟋蟀。皇帝喜欢蟋蟀，就向各地官员布置搜集蟋蟀的任务。官员为了应付这个任务，就逼着老百姓到处抓蟋蟀。一个孩子不小心弄死了一只珍贵的蟋蟀，被逼得跳井自尽。这个孩子死后，家里人被官府逼得走投无路，他就变成一只特别凶猛的蟋蟀，斗败了所有的蟋蟀，皇帝喜欢极了，但他不知道这是用一个孩子的生命换来的。这个故事多么值得人们深思啊！

蟋蟀俗名蛐蛐，有的地方干脆就叫促织。蟋蟀的种类很多，全世界已知的就有 4000 多种，我国的蟋蟀种类也有好几十种，有名的北京油葫芦就是其中的一种。

常见的蟋蟀个头儿有几厘米长，脑袋上伸出一对比身体还长的丝状触角，尾须也很长。蟋蟀的嘴巴多数为中小型，少数为大型，呈黄褐色或黑褐色。头圆，胸宽，丝状触角细长易断。有的大颚很发达，能够用来咬敌人。

蟋蟀长有六只脚，其中后足特别发达，善于跳跃，一下子可以蹦得很远很高。有趣的是，在它的前足胫节上，还有一种特殊的听器——"耳朵"长在脚上，你听也没有听说过吧？

我们常常听见的蟋蟀的"叫声"，是雄蟋蟀发出来的。其实这不是真正的叫声，而是它们的前翅摩擦时发出的声音。

雄蟋蟀和雌蟋蟀不一样，不仅会"叫"，性情也特别凶猛好斗，见着别的雄蟋蟀就要互相残杀。为什么雄蟋蟀不仅会叫，还特别好斗？原来这是为了争夺伴侣。人们抓住它的这个特点，于是就有了斗蟋蟀这个游戏。

蟋蟀住在土穴中和草丛间，也喜欢藏在砖瓦和石头下面。它们白天躲藏起来，晚上出来活动。蟋蟀是杂食性昆虫，喜欢吃植物鲜嫩的根茎和叶子，常常咬坏作物、蔬菜和树苗，是一种农业害虫。

孔雀东南飞（节选）

汉乐府

孔雀东南飞，五里一徘徊①……

①徘徊（pái huái）：流连往复。汉代诗歌常以飞鸟徘徊起兴，以写夫妇离别。

孔雀东南飞

这是一篇汉代的乐府诗，也是我国古代最长的叙事诗。说的是东汉末年，庐江府一个小吏焦仲卿的妻子刘氏被婆婆赶回娘家，她誓死不愿意再嫁，后来被逼得投水而死。焦仲卿知道了，也在庭院里的一棵树上上吊自杀。夫妻俩用这种方式来控诉吃人的封建礼教。事情传出去后，人们

感到非常悲伤，就有人写了这篇长诗来记述这件事情。我们不必议论这件事情，只讨论一下这首长诗中的第一句"孔雀东南飞，五里一徘徊"吧！

孔雀会飞吗？

在我们的记忆里，孔雀的翅膀不太发达，两条腿却强健有力，能够快步走，也能够一路小跑。它常常拖着华丽的尾羽，十分庄重地在地上走来走去。行走姿势和鸡一样，一边走一边点头。谁瞧见过它像别的鸟儿一样，张开翅膀飞起来，一直飞进高高的空中，那可是一件稀罕事了。

孔雀明明是鸟儿，它真的不会飞吗？

要说孔雀不会飞，似乎也不是事实。白天它在地上踱着步子，晚上就会飞上树休息。

孔雀被逼急了，还会像鸡一样咯咯直叫，扇着翅膀飞得比平时稍微高一些远一些。不过这可不是常有的事情，不能作为它像别的鸟儿一样能够正常飞行的证据。

孔雀的飞行本领到底怎么样？

前面已经说过了，孔雀被逼急了，在特殊情况下也能够飞一飞。只不过这种情况太少，因为它的飞行本领实在很不高明，飞不了多高，也飞不了多远。它飞得很慢，动作非常笨拙，只是在下降滑飞的时候稍微快一些。孔雀最多也只能飞到十几米高、几百米远，它的飞行本领只不过比鸡强一点儿而已。有人说，孔雀能飞一两千米远。古时候的一里相当于500米，2000米就是四里了。如果这是真的，"五里一徘徊"倒也勉强说得过去。不管怎么说，也不能把它当作是真正能够翱翔天空的飞鸟。

为什么孔雀的飞行本领不太强？

因为孔雀是留鸟，不是候鸟。它生活在热带雨林里，林中到处都可以找到食物，气候环境也不会随四季发生明显变化。孔雀用不着像大雁、野鸭一样，气候一变化就得飞到别的地方去生活。既然不是候鸟，没有固定的飞行方向，所谓的"孔雀东南飞"就不切合实际了。

从另一个方面说，在茂密的热带雨林里，数不清的树木紧紧地挤在一起，根本就没有太大的飞行空间，也不可能让它自由自在地飞翔。

孔雀到底怎么飞？

孔雀的飞行姿势也和别的鸟儿不一样，最多从一棵树上飞到旁边另一棵树上。与其说这是飞行，还不如说是滑翔。

竹枝词九首·其九

唐 刘禹锡

山上层层桃李花，

云间烟火是人家。

银钏金钗来负水，

长刀短笠去烧畲①。

注释

①烧畲（shē）：指的是烧荒种田。

22

云间烟火是人家

人们乘着轮船驶进长江三峡，站在甲板上抬头一看，只见两边都是悬崖峭壁，耸立着高可摩天的山峰。除了很少一些支流沟口有破碎的台地，整个山坡上几乎连巴掌大的平地都没有。你一定会想：这么陡峭的山顶上，必定是一片荒凉。

不，刘禹锡就否定了这个说法。根据他长期在三峡地区的生活所见，在高高的山顶上还有许多人家。那里不仅有田地，还有清清的水源呢。他也写出过"何处好畲田？团团缦山腹"的诗句。

只是他一个人这样说吗？

不，明代的杨慎也在一首《竹枝词》里写道："最高峰顶有人家，冬种蔓菁春采茶。"

由此可见，这并不是刘禹锡一家之言。自古以来，有许多诗人都在作品中提起过这个现象。从这些诗篇中可见，他们并不是仅在山脚抬头望一眼的普通游客，而是曾经脚踏实地地攀登上一座座山峰，亲眼看到过这个现象，没准儿还曾经在那里生活过一段时间呢。要不，怎么能把山上

23

农家的生活和生产情况描写得这么细致？

　　古代三峡的山顶是这样，现在也是一样的。你不信吗？建议你不要老是坐在船上，听导游讲讲神女峰的故事，随便拍几张照片就心满意足地回家了，自以为这就认识了三峡。要想彻底认识三峡，还得耗费一点儿力气，像刘禹锡一样，下了船慢慢爬上山顶去好好看一看。你就会十分惊奇地发现，诗人说得一点儿也没错。如今的山顶上和当年诗人所见完全一样，果真是有田地和人家。即使在神女峰的背后，也有农户过着世外桃源一样的生活。

　　为什么在三峡地区那么陡峭的山顶上，还有人居住，还有田地可以耕种？这和当地的山地特点分不开。

　　仔细观察这些峡谷，可以发现这种地貌全都是由于两边挤压褶皱形成的。在褶皱轴部所在的山顶，由于褶皱破裂，再加上后来的溶蚀和风化剥蚀作用，形成一条宽阔的槽谷。槽谷里有地下水涌出，可以耕种居住。人们居住在那儿，过着神仙一样世外桃源的日子。

浣溪沙①

宋 晏殊

一曲新词酒一杯，去年天气旧亭台。夕阳西下②几时回？

无可奈何③花落去，似曾相识④燕归来。小园香径独⑤徘徊⑥。

似曾相识燕归来

春天来了，燕子回来了。

瞧哇，两个熟悉的影子低低掠过天井，笔直地飞到屋檐下面，找到了它们从前住的旧巢。

听啊，它们兴奋地呢喃着，不知在说些什么。

是互相倾诉回家的喜悦吗？是向屋子的主人问好："您好！您还认识我们吗？"

啊，当然认识它们！人们早就知道燕子有千里迢迢飞回来寻找旧巢的习惯了。古时候，人们把黑色的燕子叫作元鸟。春秋时期的《礼记》里，就明明白白记述有和"元鸟归"有关的句子，表明早在那个时候，人们就知道燕子是一种候鸟了。

因为人们喜欢燕子，所以在古代诗词中就有了数不清的描写燕子的篇章。

唐代诗人刘禹锡在《乌衣巷》里写道："朱雀桥边野草花，乌衣巷口夕阳斜。旧时王谢堂前燕，飞入寻常百姓家。"

想不到的是，从远方归来的小燕子，真的像游子归家一样，还能够找到从前居住的地方，重新筑巢居住呢。

北宋词人晏殊在这首《浣溪沙》中所写的现象，更加能够说明问题。

好一个"无可奈何花落去"，点明了燕子归来的时间是春天快要结束的落花时节。

好一个"似曾相识燕归来"，说的是去年来过的燕子，现在又飞回来了，并且十分准确地找到了从前住过的地方。难怪元代的宰相诗人刘秉忠也写过"衔泥旧燕垒新巢"这样的诗句，说明了燕子飞回来重新修补旧巢的情况。

为什么燕子每年都要飞来飞去？这主要是气候环境的影响。

一阵秋风一阵凉。秋季冷空气南下的时候，北方首当其冲。对燕子来说，因为气候变化，作为食料的小虫子也一天天变少了。本来在北方住得好好的燕子，只好告别旧巢，成群结队向温暖的南方飞去，一直飞到暖和的南海边，度过漫长的冬天。

等到春暖花开的时候，许多昆虫从冬眠中醒来并开始大量繁殖，给燕子提供了丰富的食料。于是一群群燕子又飞回北方，在老地方营巢繁殖小燕子。燕子每年这样不停地飞来飞去，与其说是气候变化的原因，还不如说它们是追逐食物的天空游牧者，为了填饱肚皮而奔波呢。

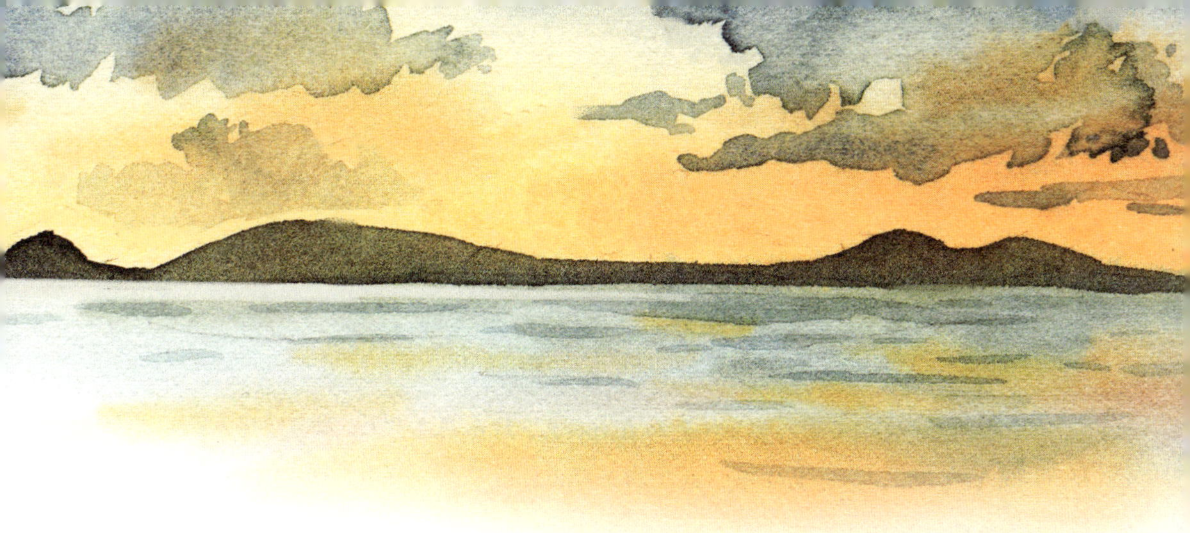

入若耶溪

南北朝 王籍

艅艎①何泛泛②，空水共悠悠。
阴霞③生远岫④，阳景⑤逐回流⑥。
蝉噪⑦林逾⑧静，鸟鸣山更幽。
此地动归念⑨，长年悲倦游。

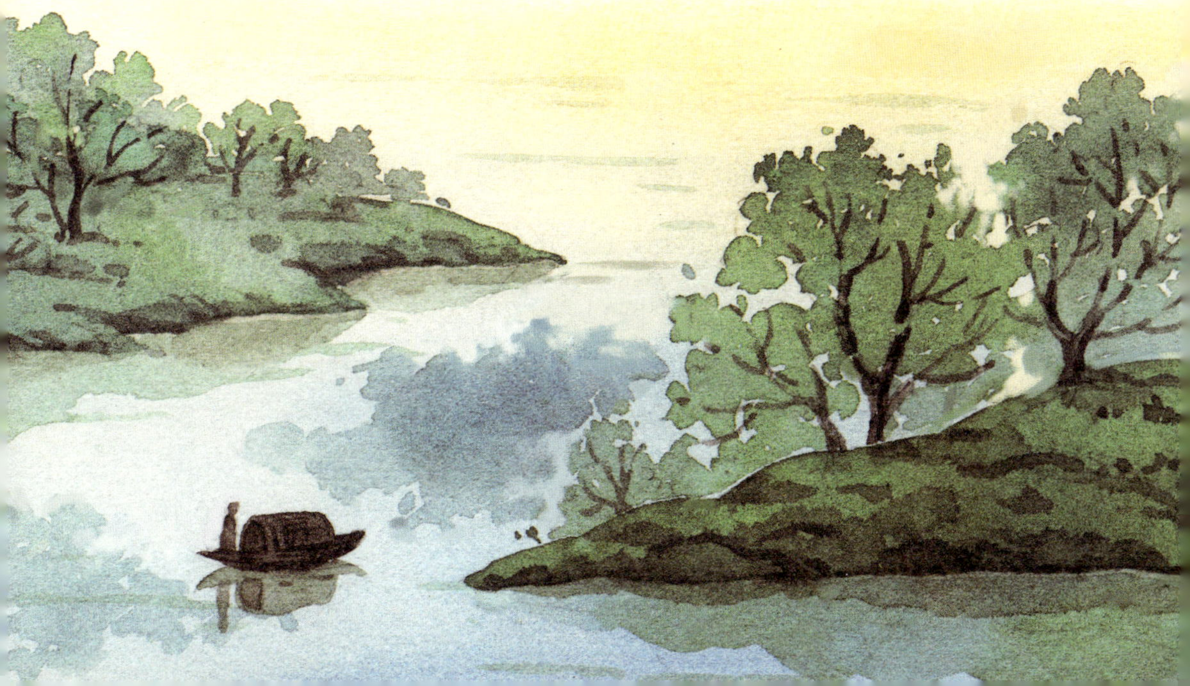

①舣艎（yú huáng）：舟名。大船。

②泛泛：船行无阻。

③阴霞：山北面的云霞。若耶溪流向自南而北，诗人溯流而上，故曰"阴霞"。

④远岫（xiù）：远处的峰峦，这里指若耶山、云门山、何山、陶晏岭、日铸山等隐现的高山。

⑤阳景：指太阳在水中的影子；"景"是"影"的本字。

⑥回流：船向上游行进时岸边倒流的水。

⑦噪：许多鸟或虫子乱叫。

⑧逾：同"愈"，更加。

⑨归念：归隐的念头。

蝉噪林逾静

会稽若耶山下的若耶溪静悄悄地流淌着。茂密的林木覆盖了山坡，遮盖着地皮和水面，似乎不想让外面的人看清林下的情形。阳光从树叶的缝隙间透射进来，有意无意地追逐着清澈曲折的溪流。耳畔响起了一声又一声的鸟叫和蝉鸣，显得山林更加幽静了。这就是诗人描绘的画面。

啊，蝉鸣。我们曾经读过多少有关蝉鸣的诗句。王维的"倚杖柴门外，临风听暮蝉"，岂不也是用声响来衬托一种静的境界吗？

蝉鸣是秋天来临的信息，也许就是秋天的女神让它传递的问候吧？白居易写道："残暑蝉催尽，新秋雁带来。"宋代诗人吕同老写道："一声声断续，频报秋信。"

高亢的蝉鸣随着秋风传送得很远。朱熹写道："高蝉多远韵，茂树有余音。"南朝诗人萧子范写道："流音绕丛藿，余响彻高轩。"

蝉鸣也常常透着一些凄凉的气息，柳永写道："寒蝉凄切，对长亭晚，骤雨初歇。"

唐代诗人虞世南在《蝉》的这首诗里，说得清楚而完整。他写道："垂緌饮清露，流响出疏桐。居高声自远，非是藉秋风。"

为什么蝉鸣这么响亮，因为它在高高的树枝上，不需要秋风帮助，自然能够传送得很远。

蝉吃什么东西？蝉吃清亮亮的露水。南朝诗人刘删写出过"得饮玄天露，何辞高柳寒"的诗句，看来古人对于蝉共同的认识，就是喝露水过日子。

读了这么多的诗句，关于蝉鸣和它吃什么东西，说得对不对？

首先需要说明的是，并不是所有的蝉都会叫。只有雄蝉才能发出特殊的蝉鸣。雌蝉没有发声器官，是天生的"哑巴"。

还需要说清楚，蝉鸣不是真正的"鸣"。所谓蝉鸣，并不是从嘴巴里发出的。在雄蝉腹部前端，紧靠着后足处有一对发音器，蝉鸣就是从这里发出的。

仔细看它的发音器：那是一对半月形的盖板，里面连着薄薄的鼓膜和声肌。当声肌收缩时，就能牵着鼓膜，在盖板下面引起共鸣，发出"知了知了"的声音了。

蝉也不是一直"鸣叫"。我国古时候按蝉的出现时间，分为春蝉、夏蝉和寒蝉。春蝉出土最早，古人称它为柠母。夏蝉中有一种叫蟪蛄的，声音特别嘹亮，人们平时听见的蝉鸣，就是它的声音。可是它的寿命特别短，只有短短几天到几个星期，所以有"蟪蛄不知春秋"的说法。最晚出现的是寒蝉，一般过了寒露才"鸣"。因为它的声音不响亮，加上数量不多，所以人们很少听见。有一个成语叫"噤若寒蝉"，说的就是它。

"蝉吃露水"是一个天大的误解。蝉的幼虫生活在土壤里，吸食植物根部的汁液，成虫吸食树木枝干的汁液，它的食物和露水没有半点儿关系。

蝉怎么吸食树的汁液？它用又尖又细的刺吸式的嘴刺进树身，吸食汁液。轻的可以使树上产生斑点，严重的会威胁整棵树的生命，所以它是农业害虫。可是古人却误以为它生活在高高的树枝上，吃露水生活，是清高和廉洁的象征。晋代陆云写了一篇《寒蝉赋》，认为它集清、廉、俭、信于一身,称赞它是"至德之虫",是道德高尚的君子的化身。古希腊人把它当作是"歌唱女王",赞扬它美妙的声音,这可真是个令人哭笑不得的误会。

约客①

宋 赵师秀

黄梅时节②家家雨，

青草池塘处处蛙。

有约③不来过夜半，

闲敲棋子落灯花④。

注释

①约客：邀请客人来相会。

②黄梅时节：夏初江南梅子黄熟的时节，即梅雨季节。

③有约：邀约友人。

④落灯花：旧时以油灯照明，灯芯烧残，落下来时好像一朵闪亮的小花。落，使……掉落。灯花，灯芯燃尽结成的花状物。

青草池塘处处蛙

黄梅时节的江南，蒙蒙细雨淅淅沥沥下个不停。长满青草的池塘里，青蛙"呱呱、呱呱"的叫声连成一片。

明代诗人张维写道："熟梅天气已初收，何处蛙声隔水楼。"陆游写道："水满有时观下鹭，草深无处不鸣蛙。"辛弃疾写道："稻花香里说丰年，听取蛙声一片。"这些诗句都把蛙声写得活灵活现。

我们常见的青蛙，体表大多呈黄绿色、深绿色、灰棕色，它们的肚皮都是白色的，背脊上有许多黑色斑点和条纹，所以又叫作黑斑蛙。因为它们常常生活在水田里，所以也叫田鸡。

由于青蛙的皮肤不能阻止身体里面的水分蒸发，所以青蛙一般不能离开潮湿的环境，还特别怕干旱和寒冷，它们主要生活在热带和温带多雨的地方。

因为青蛙怕冷，所以到了冬天，就要钻进泥土里冬眠，春天才出来活动，在水里产卵。卵孵化后变成活泼可爱的小蝌蚪，拖着尾巴在水里游来游去。蝌蚪一天天长大，最后长出四条腿，尾巴褪掉后，就变成一只青蛙。

青蛙的舌头很长，舌尖是分叉的，可以飞快地伸出来，粘住飞过面前的小虫子，卷进嘴巴里。它这招儿百发百中，是消灭害虫的能手。

青蛙的种类很多：雨蛙在下雨天叫得特别欢；浮蛙常常浮在水面上；湍蛙生活在湍急的水流里；金线蛙肚皮是黄色的，背上有金黄色的条纹；虎纹蛙的背上有老虎皮一样的花纹；还有会爬树的树蛙，个头儿特别大；发出哞哞的牛叫声的是牛蛙；海南岛还有一种特别小的姬蛙，身体只有约 2.5 厘米长。

为什么青蛙的叫声特别响亮，是不是它们的嗓门儿大？

不是的。原来在雄性青蛙的嘴角两边，有一对充气的鸣囊，大声"呱呱呱"叫的时候，咽喉下面就鼓出一个大气泡。因为这两个特殊鸣囊的作用，所以青蛙的叫声才格外响亮。

1970 年 11 月 7 日，马来西亚首都吉隆坡以北大约 260 千米的森吉西普地区的热带丛林中，忽然传出一阵阵震耳欲聋的青蛙叫声，简直像打雷一样。原来这是一场惨烈无比的蛙战。在一个大泥潭里，成千上万只青蛙聚在一处，一边"呱呱呱"地叫着，一边互相撕咬，战斗十分激烈。

这一场青蛙大战整整打了 7 天 7 夜，真是一场前所未有的奇观。这场战斗引起了周围居民的注意，于是纷纷前来观战。等到马来西亚大学动物系的专家赶来，战斗已经

结束了。只见遍地都是青蛙的尸体，泥潭里只留下许多蝌蚪和无数的青蛙卵，再也听不见如雷的蛙鸣了。

这是怎么一回事？难道这里真的发生了一场你死我活的战争？

不是的，动物学家宣布说："这是一次特殊的求偶活动。"

原来这时候正是青蛙的繁殖期。由于很久没有下雨，许多池塘都干了，使青蛙不能正常繁殖。突然下了一场大雨，泥潭里的水积满了，引来许多青蛙"谈情说爱"。

啊，原来人们听见的嘈杂的青蛙叫声，就是雄蛙们为了表达爱意而上演的一场"青蛙交响乐"。发情的雄蛙追赶着雌蛙，一只只青蛙上蹦下跳。不消说，在这场大型求爱活动中，每只雌蛙都是雄蛙追求的对象。有时候好几只雄蛙抢着拥抱一只雌蛙，就引发了激烈的战斗。

为什么死了那么多的青蛙呢？有人认为是一些癞蛤蟆混了进来。它们身上分泌的毒素，造成了一些青蛙的不正常死亡。如雷的蛙鸣声，还招来了它们的天敌——大蝙蝠、负鼠等动物的攻击。另外，有的青蛙经过漫长的越冬期后，体质比较差，经不住如此拥挤和激烈的争夺环境。事实究竟是不是这样，还有待我们去仔细研究。

不过，这样如雷轰鸣的青蛙叫声，就不像"青草池塘处处蛙"那样富有诗意了。

啄木（节选）

宋 韩琦

搜索不知疲^①，

利嘴信催秃。

忽而破奸宄^②，

种类无遗族。

注释

①疲：疲倦。

②奸宄（guǐ）：违法作乱的人或事。由内而起叫奸，由外而起叫宄，也有相反的说法。

"森林医生"啄木鸟

听啊，森林里传来一阵阵"笃笃"的声音，好像有谁在不停地敲打着木头。

这是"森林医生"啄木鸟在给树木看病呢！

啄木鸟不懂医术，怎么给树木看病？

说来非常简单。树木里钻进了害虫，啄木鸟就用锋利的尖嘴啄开树皮，把害虫一只只叼出来吃掉。消灭了害虫，树木的病也就好了。

森林里有这么多树，它怎么知道哪棵树上有害虫呢？

办法说来非常简单，只要认真检查一棵棵树，就能够发现问题。

啄木鸟怎么检查树木？

它的嘴就是最好的检查工具。啄木鸟的嘴又尖又硬，发现了害虫躲藏的地方，就使劲把树皮啄开，伸出带黏液的长舌头，害虫一下子就被粘住，想跑也跑不了。

这是真的吗？如果狡猾的害虫藏得很深，怎么办？

啄木鸟也有办法。因为它的舌头尖上还有倒钩。不管害虫藏在哪个隐蔽的角落，都躲不过它的长舌头。何况它还可以用钢钻子似的嘴继续往里啄。

树那么大，它会不会漏过一些害虫的巢穴？

不会的。啄木鸟很有经验，也很有耐心。总是绕着树身慢慢盘旋着往上爬。它一边一步步慢慢往上爬，一边用又尖又硬的嘴在树上敲敲打打，好像医生用听诊器检查一样，只要听出一点儿不对劲的响声，就停住脚步，准备抓害虫，绝对不会放过一个可疑的地方。

啄木鸟攀在树上，不会掉下来吗？

放心吧，啄木鸟有四根脚趾，两根朝前、两根朝后，好像一把铁钳子，紧紧地抓住树身。加上它的尾羽起着支架的作用，保证不会掉下来。

啄木鸟老是"笃笃"地啄着，啄得又快又狠，不会把脑袋震得发晕吗？

不会的。啄木鸟的脑袋里面有一套天然的防震装置，骨质像海绵一样疏松。在啄木鸟的外脑膜和脑髓中间，还有一些缝隙，可以降低震波的影响，保证不会因此得脑震荡。

夜闻姑恶①

宋 陆游

湖桥东西斜月明，高城漏鼓传三更②。

钓船夜过掠沙际，蒲苇萧萧姑恶声。

湖桥南北烟雨昏，两岸人家早闭门。

不知姑恶何所恨，时时一声能断魂。

天地大矣汝至微，沧波本自无危机。

秋菰有米亦可饱，哀哀如此将安归。

注释

①姑恶：秧鸡。
②三更：约半夜十二点。

叫苦的秧鸡

这是陆游夜晚听见江边芦苇丛中秧鸡叫，有感而发写的一首诗。秧鸡为何会引起这样的感慨？

原来秧鸡的叫声听起来像在叫"姑恶、姑恶"。民间传说这是一个苦媳妇被恶婆婆折磨得实在受不了，跳水自尽后变成的一只鸟儿，总是在水边"姑恶、姑恶"地叫，好像在控诉把她逼死的恶婆婆，反映了古代旧礼教和封建家庭生活的专制和黑暗。

苏东坡在《五禽言》中写道："姑恶、姑恶，姑不恶，妾命薄。君不见东海孝妇死作三年乾，不如广汉庞姑去却还。"讲的也是这个故事。

乍一听，秧鸡的叫声听起来像是"苦、苦、苦"。清代诗人邵长蘅在《和颜黄公六禽言》中写道："苦苦。旧年鬻牛犁，今年典妻子，屋里无人泪泫泫。"用秧鸡的叫苦声音，表现出旧社会贫穷农民的苦痛之情。

秧鸡在我国南方地区随处可见。它的种类很多，最常见的是白胸秧鸡。为什么叫这个名字？因为它的脸上、脖子和胸口都是一片雪白，只有背部和翅膀为灰黑色，并略带一点儿绿色光泽，和别的种类很容易区别。

秧鸡是一种常见的水鸟。和别的水鸟不一样，它不能飞得太高太远，只能紧紧贴着水面飞很短的距离。别说比不上大雁、野鸭、海鸥，就连胖乎乎的鸊鷉也比不上。

水鸟不飞，算什么水鸟？

嗨，真是少见多怪，世界上也有许多在天上飞得少，在水里走得多的鸟儿。这种水鸟叫作涉禽，丹顶鹤和鹭鸶就是有名的涉禽。秧鸡只不过走的时间更多，飞的时间更少罢了。它平时都踩着水"啪嗒、啪嗒"走，只有受到惊吓时，才慌里慌张地扇着翅膀飞起来。它飞得很慢，飞不多远就落下来，钻进芦苇丛或茂密的灌木丛里躲起来。

噢，原来秧鸡是一个胆小鬼，不敢在大白天露面，只是在清晨天蒙蒙亮，或者傍晚暗沉沉的时候，才钻出来找东西吃。不管是小鱼、小虾，还是别的什么水生小动物，以及鲜嫩的植物，统统都是它喜欢吃的东西。

秧鸡老是边走边叫，在繁殖期间甚至整夜叫个不停。

"姑恶，姑恶……"

"苦呀，苦呀……"

秧鸡这样"叫苦"，难怪人们以为它有什么伤心事，把它叫作姑恶鸟。

曲江二首·其二

唐 杜甫

朝回①日日典②春衣，每日江头尽醉归。

酒债寻常行处③有，人生七十古来稀。

穿花蛱蝶深深④见⑤，点水蜻蜓款款⑥飞。

传语⑦风光⑧共流转，暂时相赏莫相违⑨。

注释

①朝回：上朝回来。

②典：押当。

③行处：到处。

④深深：在花丛深处；又可解释为"浓密的样子"。

⑤见：现。

⑥款款：形容徐缓的样子。

⑦传语：传话给。

⑧风光：春光。

⑨违：违背，错过。

点水蜻蜓款款飞

杜甫在这首诗里描绘了蝴蝶和蜻蜓的一些活动现象。

看哪，蝴蝶穿过了花丛，扇着翅膀往前飞着。

为什么蝴蝶喜欢在花丛里飞？这个问题太容易回答了，因为它要吸食花蜜呀。

为什么蜻蜓老是低低挨着水面，一上一下地慢慢飞着，还不停地用尾巴点水？这就需要多说几句才行。

蜻蜓真的飞得很慢吗？

不，可别小瞧蜻蜓。虽然蜻蜓只有四只薄薄的透明膜质翅膀，上面只有一根根细细的脉络，好像是纸糊的风筝似的，但是它的翅膀每秒能够扇动好几十下，在空中飞得很快呢。

有人计算，一只蜻蜓每秒可以飞10米左右。要是让它和奥运会百米冠军赛跑，谁输谁赢也未可知。

蜻蜓不仅飞得快，也能飞得很远。有人在南太平洋上惊奇地发现，在距离澳大利亚海岸500多千米的地方，也有小小的蜻蜓在飞。如果它们再从那里飞回海岸边，这一来一回就是上千千米的不着陆飞行了。说它是远程飞行家，

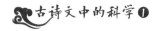

一点儿也没错。

既然蜻蜓飞得这么快、这么远，为什么要紧紧贴着水面，一上一下地慢慢飞呢？是不是它的力气用尽了，正在费力地挣扎呢？人们不禁为它捏了一把汗。可能还会有人猜想：它是不是在水里找东西吃？

不是的，蜻蜓只在空中捉小虫子吃。它的脚很细，长着锋利的钩刺，这是它捕捉小虫子的武器。它们常常在黄昏时的闷热天气，或者雷雨之前，成群结队地低飞抓小虫子。

蜻蜓在水上产卵时，才做出这样"点水蜻蜓款款飞"的动作。它的卵全都产在水草上，不小心翼翼地飞，怎么能行？

蜻蜓卵孵化后，会生成一种叫水虿的幼虫，在水里经过 1 年左右的漫长时间，蜕皮 10 次以上，才爬上水草慢慢长出翅膀，变成一只真正的蜻蜓。在水里生活的这段时间，每只水虿能吃 3000 多只蚊子的幼虫。蜻蜓从小就能消灭这么多的害虫，真是人类的好朋友。

蜻蜓有两只大大的圆溜溜的眼睛，几乎占了脑袋一半的大小。大眼睛里面还藏着许多"小眼睛"呢。凭着这两只特殊的眼睛，蜻蜓不仅可以看见四面八方的东西，还能测量在面前飞行的小虫子的速度，可以说是昆虫界的杀手。

顺便说一句，蜻蜓并不都是这样弱小。它的老祖宗史前蜻蜓出现在约 3 亿年前的石炭纪晚期，有 4 只大翅膀，两只小翅膀，长得比现在大得多。最大的蜻蜓翅膀展开后约有 1 米长，像是一只大风筝。值得一提的是，它还是最早的天空征服者呢！

诗经·召南·江①有汜②

江有汜，之子归③，不我以④。不我以，其后也悔。

江有渚⑤，之子归，不我与⑥。不我与，其后也处⑦。

江有沱⑧，之子归，不我过⑨。不我过，其啸也歌。

注释

①江：长江。

②汜（sì）：由主流分出而复汇合的河水。

③归：妇人谓嫁曰归。

④不我以：不带我。以，带着。

⑤渚（zhǔ）：水中小洲。

⑥不我与：不与我相聚。

⑦处：忧愁。

⑧沱（tuó）：长江的支流名称。一说与"汜""渚"同义。

⑨过：过访，过问，引申为告知，顾及。

江上有沱

这首诗诉说的是一个人站在河边，想起妻子抛弃了他，埋怨妻子，并说她最后总会后悔的。

我们管不了这场 2000 多年前的家庭恩怨，只看河边的景色吧。

"汜"是什么意思？这是从主流分流而出，又汇入主流的河水。还有一个解释说，"汜"就是支流，或者是不流通的水沟。

"渚"是什么意思？这是水中央的沙洲。

"沱"是什么意思？这是和江水分道的支流。

弄清楚了这些词的意思，我们就能够想象出一幅完整的风景画了。

你看，这条河上，有岔流，有沙洲，河床一定很宽阔，水量一定也不少。人们生活在这里，日子一定过得很好吧？

这就完了吗？

不,仔细琢磨其中一个"沱"字，又找出了另外一个意思。

请你顺着四川盆地的长江，注意沿江的地名，就会发现江边许多地方都叫"沱"。就以重庆附近来说吧，从长江和嘉陵江汇合的朝天门开始，往下走不远，就有一个唐家沱和一个郭家沱。长江三峡大坝附近，还有一个莲沱。一个又一个"沱"，成为沿江一道特殊的风景线。

这里的"沱"是什么意思？

仔细观察它们的地形特点，可以发现原来是一个个小小的河湾。当地人把江水打漩的地方，叫作"沱"。人们常常说回水沱，就是这么一回事。

沿江一个个沱是怎么形成的？主要与江面收缩和放宽有关系。以郭家沱来说吧，正好位于重庆以下第一个峡谷，铜锣峡出口的地方。江水穿过坚硬的石灰岩构成的峡谷，进入松软的砂岩、泥岩地段，水流一下子放宽，在两边形成水平涡流，冲刷着松软的岩石，就形成了小河湾，这就是沱了。

江水流进峡谷时，由于河床断面突然变窄，水流不能全部涌进去，也会在两边形成涡流，形成同样的小河湾。瞿塘峡口的白帝城就是最好的例子。

在这些小河湾里，水流变得迂回平缓，和江心的急流大不一样，是停泊避浪的好地方。在峡谷进出口的这一个个沱，慢慢变得"人丁兴旺"起来，逐渐成为一个个小河港，带动沿江经济发展，可别小看了它们。

江上渔者①

宋 范仲淹

江上往来人，
但②爱③鲈鱼④美。
君⑤看一叶舟⑥，
出没⑦风波⑧里。

注释

①渔者：捕鱼的人。

②但：只。

③爱：喜欢。

④鲈鱼：一种头大口大、体扁鳞细、背青腹白、味道鲜美的鱼。

⑤君：你。

⑥一叶舟：像漂浮在水上的一片树叶似的小船。

⑦出没：若隐若现。指一会儿看得见，一会儿看不见。

⑧风波：波浪。

松江鲈鱼美

这首诗里说到人人都爱鲈鱼的鲜美，引得江上渔夫不顾危险，驾一只小船乘风破浪去捕捞。

这里说的鲈鱼，是有名的松江四鳃鲈鱼。

松江四鳃鲈鱼又叫四鳃鲈鱼、花鼓鱼、媳妇鱼。它和黄河鲤鱼、松花江鳜鱼、兴凯湖鲌鱼齐名，被列为我国四大名鱼之一。

水里的鱼儿只有两个鳃，为什么人们都说它有四个鳃？

原来，松江四鳃鲈鱼只有两个鳃，另外两个是假鳃。在它身子侧面的鳃盖膜上，两边各有两条橘红色斜带。猛一看，好像四片外露的鳃叶。所以人们才错误地认为它是有四个鳃的怪鱼，给它取了这个名字。

松江四鳃鲈鱼长什么样子？苏东坡在《后赤壁赋》里描述道："举网得鱼，巨口细鳞，状如松江之鲈。""巨口细鳞"就是它的特点。它的个头儿不大，身上光溜溜的，几乎瞧不见鳞片。它的下颌比上颌长，张着大嘴巴。睁着两只小眼睛，冷冰冰地盯着来来往往的鱼儿。只要瞧准了一个猎物，就猛地扑上去，毫不客气地当成自己的美味大餐。

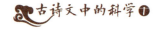

松江是上海的老城区，处处都是享受着小桥流水风韵的临水人家。平静的河水静悄悄地流淌着，别说没有声响，连水泡几乎都没有一个，简直是一幅安闲的江南水乡风景画，使人流连沉醉。想不到在这诗情画意的小河里，竟也潜伏着这个冷酷的杀手。

松江四鳃鲈鱼在江南的小河里游来游去，像水中恶狼一样追踪猎物。但它不知道自己也正被渔夫追踪，到头来成了人们盘中的美食。

松江四鳃鲈鱼到底有多美味？请听古往今来的名人们怎么说吧。

苏东坡是有名的美食家，他在一首诗里描写道："青浮卵碗槐芽饼，红点冰盘藿叶鱼，醉饱高眠真事业，此生有味在三余。""藿叶鱼"就是松江四鳃鲈鱼。

元代的王恽在《食鲈鱼诗》中写道："愈啖味愈长。"由此可见，这种鱼的确美味极了。

清代康熙皇帝和乾隆皇帝下江南，也专门到松江品尝四鳃鲈鱼，并称赞它是"江南第一名鱼"。有了皇帝的评语，它的身价就越来越高了。

更加有趣的是，晋代有一个名叫张翰的京官，到了秋天，因怀念故乡的鲈鱼，就立刻辞职回老家，连官也不做了。这才是真正的美食家，也是一个真正淡泊名利的人物。

诗经·魏风·硕鼠①

硕鼠硕鼠，无②食我黍③！三岁④贯⑤女，莫我肯顾。逝⑥将去⑦女⑧，适彼乐土。乐土乐土，爰⑨得我所。

硕鼠硕鼠，无食我麦！三岁贯女，莫我肯德。逝将去女，适彼乐国。乐国乐国，爰得我直。

硕鼠硕鼠，无食我苗！三岁贯女，莫我肯劳⑩。逝将去女，适彼乐郊。乐郊乐郊，谁之⑪永号⑫？

注释

①硕鼠：大老鼠。一说田鼠。

②无：毋，不要。

③黍：黍子，也叫黄米，谷类，是重要的粮食作物之一。

④三岁：多年，说明时间久。三，非实数。

⑤贯："宦"的假借字，侍奉。

⑥逝：通"誓"，发誓。

⑦去：离开。

⑧女：同"汝"，你。

⑨爰：乃，于是，在那里。

⑩劳：慰劳。

⑪之：其，表示诘问语气。

⑫号：呼喊。

可恨的硕鼠

这是一首表现农民对统治者剥削的怨恨和控诉的诗。把贪得无厌的统治者比喻为田鼠，真是太恰当了。这些像田鼠一样的地方统治者受农民供养，却不肯给农民半点儿好处。沉重的剥削逼得农民纷纷背井离乡，去远方寻找"乐土"。前途渺茫，向往中的"乐土"在什么地方？也许仅仅是空想。

我们不在这里讨论当时的阶级矛盾，借此机会说一说田鼠吧。

田鼠和家鼠是一家子，家鼠在屋子里打洞，田鼠在田野里打洞，不仅偷东西吃，还传播鼠疫、兔热病等疾病，对人类的生产生活危害很大，和苍蝇、蚊子、蟑螂一起被列入万恶的"四害"。田鼠和家鼠一样，一年可以繁殖好几次，每次繁殖几只到十几只小田鼠。如果不想办法控制，就会发展为鼠灾。

我国的田鼠有十多种。普通田鼠主要分布在东北和内蒙古地区，棕色田鼠主要分布在华北、西北和南方部分地区。东方田鼠又名沼泽田鼠、水耗子、远东田鼠、大田鼠、苇田鼠、长江田鼠。这种田鼠在我国分布范围最广泛，北至黑龙江，南至广东，几乎大半个中国都有它们的踪迹。不消说，它也是危害最大的坏家伙。

东方田鼠比其他的田鼠都大，脑袋圆圆的。它的吻部比较短，口腔内有两个颊囊，所以两腮显得特别膨大。它的耳朵又短又圆，几乎完全藏在毛里，和动画片中的米老鼠大不一样。它的尾巴没有别的老鼠长，脚掌上有毛。它的背部呈黑棕色，肚皮却是脏兮兮的灰白色，一眼就能够认出来。

这种田鼠喜欢在有水有草、土质松软的低洼地带打洞居住。主要藏在水稻田、潮湿的草甸和沙土地里。每个窝都有许多洞口，洞道密而表浅，可以从不同的洞口钻出来，别想轻易就抓住它。在洞庭湖的湖滩上，人们发现一个田鼠洞竟有80多个洞口，真狡猾。

2007年，洞庭湖一带发生洪水，成千上万只田鼠窜了出来，见什么咬什么，造成一场空前的鼠灾。它们好像收割机似的，把田地里的早稻、红薯、花生、玉米吃个精光，又啃农户的门窗，吵得人们没法儿休息，简直无法无天。仅在益阳市大通湖区，每天打死的田鼠就有5~10吨。一铁铲拍下去，可以打死十几只。一棍子打下去，也能打死好几只。有人干脆张开渔网，像捕鱼一样抓这些可恨的田鼠。

　　事情发生后，人们开始思索，为什么一下子冒出这么多田鼠？后来，人们找到了一个重要答案，原来当地喜欢吃田鼠的天敌——蛇的数量减少了，田鼠就多起来了。加上填湖造田破坏生态环境，促进了田鼠的大量繁殖。田鼠的天敌是蛇、黄鼠狼和猫头鹰，可不要随便伤害它们哪！

弄白鸥歌

唐 刘长卿

泛泛江上鸥，毛衣皓如雪。

朝飞潇湘水，夜宿洞庭月。

归客正夷犹①，爱此沧江闲白鸥。

注释

①夷犹：犹豫，迟疑不前。

江上鸥、海上鸥

唉，"鸥"指的不是海鸥吗？它怎么会生活在江上？

真是少见多怪。翻开古人的诗集，写江鸥的多得数也数不清。唐代诗人崔道融在一首诗里写道："白鸥波上栖，见人懒飞起。为有求鱼心，不是恋江水。"所描写的就是江鸥。水鸟总是随着鱼群迁徙。大海里有鱼，江河里也有鱼，全都是水鸟生活的好地方。江上风浪不大，生活环境一点儿也不比海上差。它们在这里抓鱼吃，日子过得很好，干吗非要生活在海上呢？

另一个唐代诗人陆龟蒙在《白鸥诗》中写道："惯向溪头漾浅沙，薄烟微雨是生涯。时时失伴沈山影，往往争飞杂浪花。晚树清凉还鸂鶒，旧巢零落寄蒹葭。 池塘信美应难恋，针在鱼唇剑在虾。"也说得很清楚，江上的鸥喜欢在浅浅的沙滩边飞翔，也喜欢冲波逐浪寻找鱼虾吃。

其实，江鸥就是海鸥。《南越志》里说得很清楚："江鸥，一名海鸥，在涨海中，颇知风云，若群飞至岸必风，渡海者以此为候。"

杜甫在《鸥》中也写道："江浦寒鸥戏，无他亦自饶。

62

却思翻玉羽，随意点春苗。雪暗还须浴，风生一任飘。几群沧海上，清影日萧萧。"

啊，明白了。它们都是同一个种类，不过是一些鸥生活在江上，一些鸥生活在海上。

《禽经》里记载："鸥，信鸟也。""信鸟"就是候鸟的意思。每年都有成群结队的海鸥飞到云南昆明，形成一道特殊的景观，受到市民的热情欢迎。

鸥都吃鱼吗？

也不见得。海鸥当然主要吃鱼，江鸥的生活环境复杂，食谱也很复杂。除了吃鱼，有时候还吃老鼠、蜥蜴和昆虫呢。

说起鸥，人们就会联想起它那周身雪白的羽毛，模样非常可爱。其实鸥的种类很多，有些是白色的，有些是黑色的。有的生活在内陆的江上，有的生活在海上。

不消说，在鸥的家族里，海鸥比江鸥多得多。

海鸥主要在小岛和礁石上休息，有时候也能在水上歇一会儿。

每年的春天和夏天，是海鸥最繁忙的时段。住在小岛和礁石上的海鸥，衔来野草、海藻和羽毛，忙着给自己筑巢。筑好了，雌鸥就趴在窝里产卵。海鸥蛋的颜色很多，非常好看。

海鸥一般都在白天飞，因为白天才好抓鱼呀。燕尾鸥却是晚上飞，没准儿它们觉得晚上更容易抓到鱼吧。聪明的海鸥特别喜欢跟着海上的轮船飞，它们不仅可以把船作为歇脚的地方，还因为轮船尾舵搅动着海水，能够翻卷起许多鱼儿，捕捉起来更容易。

别小看了海鸥。有一种北极燕鸥，一辈子可以飞行100万千米以上呢。

早发①白帝城

唐 李白

朝②辞③白帝彩云间，

千里江陵一日还④。

两岸猿⑤声啼⑥不住⑦，

轻舟已过万重山⑧。

注释

①发：启程

②朝：早晨。

③辞：告别

④还：归；返回。

⑤猿：猿猴。

⑥啼：鸣、叫。

⑦住：停息。

⑧万重山：层层叠叠的山，形容有许多。

三峡猿啼

　　长江三峡是水上交通大动脉，也是一条旅游热门线路。来来往往的船只川流不息，不知有多少人曾经到过这里。可是问起来过三峡的人，几乎没有一个人看见过两边崖壁上有猿猴出现，更别提听到猿啼了。

　　这是怎么一回事，难道是李白看花了眼吗？

　　不，古时候三峡境内的确有许多猿猴出没，许多诗篇都描写过猿啼。

　　和李白同时代的李绅，写过一首有名的《闻猿》："见说三声巴峡深，此时行者尽沾襟。端州江口连云处，始信哀猿伤客心。"

　　另一个同一时代在三峡居住过很久的诗人刘禹锡写道："巴人泪尽猿声落，蜀客船从鸟道回。"

　　明清时期，也有许多记述三峡猿啼的诗篇。例如"风雨猿声欲断肠""清秋满峡啼猿声""听尽猿声是峡州"等，这些诗句全都是当时诗人实地考察抒写的，不可能有假。

　　由此可见，古时候三峡里的确有许多猿群分布。进入近代以后，三峡猿群才逐渐消失了。

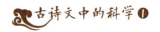

1985年，在巫山县龙骨坡发现了距今约200万年的"巫山人"化石，考古学家原本认为它是最早的人类之一。在经过进一步研究后，认为这是三峡地区最古老的猿类，而不是真正的人。可以十分明确地说，从那个时候开始，三峡就有猿类活动了。

人们常常说的三峡里的猿，主要是什么猿？

科学家判断，应该是长臂猿。不久前，在一个山洞里发现了长臂猿左侧下颌骨化石，证明了它的存在。

长臂猿的特点是前肢特别长，虽然身子还不到1米高，但是两臂伸开就有1.5米左右。当它直立的时候，前肢下垂可以挨着地皮。它的体形非常轻巧，加上这么长的前肢，能够钩住树枝，双臂向前交替运动，来回摇摆着，好像荡秋千似的，在树上行动十分灵活，一次腾空移动就有3米远，几下子就在林中不见了踪迹，看得人眼花缭乱，活像是本领高超的高空杂技演员。下地走路反倒笨手笨脚的，远远比不上在树上行动轻快。所以它几乎都在树上生活，很少下地活动。

长臂猿还有一个特点：很喜欢高声啼叫。特别是在求偶期间，啼叫更加响亮频繁。它的喉咙里有发达的喉囊，啼叫的时候，喉囊胀得很大，使叫声变得非常嘹亮。人们听见后，就以为它在唱歌了。猿啼叫的声音听上去有些悲惨，也有人以为它在哭泣呢。

为什么三峡猿啼的景象不再有了？不消说，这和近代水上交通发达，无数轮船来往，船笛声影响，加上森林被破坏有关系。

三峡地区还能够见到猿猴的身影吗？

可以呀！在长江的支流——大宁河小三峡，以及大宁河的支流——马渡河小小三峡里，环境保护较好的地方，还能够看见成群结队的猴子在崖壁之间和树林里跳跃。运气好的话，没准儿还能听见传说中的三峡猿啼呢。

渔歌子

唐 张志和

西塞山①前白鹭②飞，
桃花流水③鳜鱼④肥。
青箬笠⑤，绿蓑衣⑥，
斜风细雨不须⑦归。

注释

①西塞山：在今浙江湖州西。

②白鹭：一种白色的水鸟。

③桃花流水：桃花盛开的季节正是春水盛涨的时候，俗称桃花汛或桃花水。

④鳜（guì）鱼：淡水鱼，肉质鲜美。

⑤箬（ruò）笠：用箬叶或竹篾做的斗笠。

⑥蓑（suō）衣：用草编织成的防雨用具。

⑦不须：不一定要。

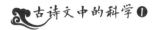

桃花流水鳜鱼肥

西塞山在哪里？

在太湖边的湖州境内。

西塞山前的风光怎么样？

这里一边是山一边是湖，中间是一片丰美的平原，一条条小河穿过，一个个水塘散布。到处铺满芳草，长着果树，加上一汪汪稻田，呈现一派迷人的江南水乡景象。诗人描绘的就是这个地方。

请看，春天西塞山前的平原上，水网密布，掩映着桃花，风光多么美丽！静静流淌的水里，藏着生动活泼的鳜鱼。一只只低飞的白鹭，掠过密密的树林和清澈的河水。风细细、雨飘飘，一个老渔翁戴着斗笠、披着蓑衣，完全融入这幅图画里。读着这首诗，人们不禁会产生遐想，这个老渔翁打算干什么？是捕鱼、抓鸟，还是完全被眼前的景色迷住了，什么也不做？千年后的我们也想走进这首诗、这幅画里，欣赏这幅天然图画，参透这个谜。

这不仅是一幅生动的春天的图画，也是对生物食物链最形象化的解释。

这首诗里描写了"白鹭""桃花"和"鳜鱼"，它们之间有什么联系？

其中值得注意的是鳜鱼。

鳜鱼，就是人们平时说的桂鱼，俗称鳌花，民间也称桂花鱼、花鲫鱼。它和黄河鲤鱼、松江四鳃鲈鱼、兴凯湖鲌鱼齐名，是我国"四大淡水名鱼"之一。还被列为"三花五罗"（鳌花、鳊花、鲫花和法罗、铜罗、哲罗、雅罗、胡罗等）之首。其中，以松花江出产的鳌花鱼最有名气。

这种鱼虽然不多，但是分布很广。除了高寒的青藏高原，几乎在我国所有的河流、湖泊里都有它的踪迹，是生活在淡水河流、湖泊里的一种常见的鱼类。它冬天藏在深深的水底过冬，春天浮起来到处活动。它有一种非常特殊的习性——侧卧在水底。渔民就利用它的这种习惯，用"踩鳜鱼"和"鳜鱼夹"等方法捕捉它。

鳜鱼有锋利的牙齿，嘴巴很大。一口就能吞掉几条小鱼，是一种非常凶狠的肉食鱼类。小鱼小虾遇见它，就要倒霉了。说它是水里的小老虎，一点儿也不过分。

为什么"桃花流水鳜鱼肥"呢？

让我们来设想一下，是不是在这个温暖的季节，水里的水草非常丰富，营养物质特别多，别的鱼虾大量繁殖，这样一来，就给食肉的鳜鱼提供了食料，它也就变"肥"了？

为什么这里有许多"白鹭飞"呢?

让我们再设想一下,白鹭会无缘无故地飞到这里吗?它们是抓鱼吃的水禽。准是看到了水里有许多包括鳜鱼在内的鱼,才飞来飞去找鱼吃的。

诗人并没有阐述生物食物链的现象和原理,但他细致观察后的描写,却十分自然地揭露了食物链的秘密。我们开动脑筋仔细想一想,就明白这个道理了。

无题

唐 李商隐

相见时难别亦难，东风①无力百花残。

春蚕到死丝方尽②，蜡炬③成灰泪始干④。

晓镜⑤但愁云鬓⑥改，夜吟应觉月光寒。

蓬山此去无多路，青鸟⑦殷勤⑧为探看⑨。

注释

①东风：春风。

②丝方尽：丝，与"思"谐音，以"丝"喻"思"，含相思之意。

③蜡炬：蜡烛。

④泪始干：泪，指蜡烛燃烧时流下的烛油，这里取双关义，亦指相思的眼泪。

⑤晓镜：早晨梳妆照镜子。镜，用作动词，照镜子的意思。

⑥云鬓：女子多而美的头发，这里比喻青春年华。

⑦青鸟：神话中为西王母传信的神鸟。后为信使的代称。

⑧殷勤：情谊恳切深厚。

⑨探看：探望。

春蚕到死丝方尽

李商隐是晚唐时期的诗人，这首诗中的"春蚕到死丝方尽，蜡炬成灰泪始干"两句，诠释了忠贞的友谊和爱情，多么真诚动人！

可是这两句诗却让人有些疑惑。后面一句说蜡烛点完了，蜡珠儿才会停止往下流淌，这是明摆着的事情。但是前面一句就有疑问了：春蚕吐完了丝，是不是真的结束了生命？这值得好好讨论一下。

是的，蚕吐完了丝，结了茧，就结束了它的幼虫期。这时候它藏在茧里，不吃也不动，看起来好像是死了。可是当它在茧里孵化为蛾以后，还会咬破茧钻出来，开始一段新的生命旅程。

蚕在什么时候才算是真正死亡？

那是蛾产卵以后的事情。那时候它身体里积蓄的营养物质消耗完了，生命就此结束。

所有的蚕茧都是这样按照正常的生命旅程发展的吗？

也不是。如果人们为了得到宝贵的丝，用来织丝绸，就不允许它自己咬破茧，弄断了丝，而是毫不客气地用蚕茧抽丝，提前中断它的生命。这样一来，蚕就真的应了诗人的那句"春蚕到死丝方尽"。它用自己的生命给人们奉献了一匹匹美丽的丝绸。

朋友们，当我们穿着华丽的丝绸衣服，有没有想过，这是用蚕的生命换来的呢？

我国是世界上最早养蚕、纺织丝绸的文明古国。传说黄帝的妻子嫘祖教会人们养蚕。早在 4000 多年前，生活在岷江上游的古代蜀族，就在首领蚕丛的带领下开始养蚕了。他的名字就是这样来的。在 3000 多年前留下的三星堆遗址中发现的来自印度洋的贝壳和别的文物可以证明，神秘的"南方丝绸之路"就是从那个时候开始的。从这里一直延伸到印度半岛，再延伸到广大的西亚和地中海地区。

2000 多年前的《诗经·魏风·十亩之间》里，有这样的诗句："十亩之间兮，桑者闲闲兮。行与子还兮。十亩之外兮，桑者泄泄兮。行与子逝兮。"所有的一切都证明，中国养蚕、纺丝历史悠久，是名副其实的"丝绸之国"。

咏怀古迹·其三

唐 杜甫

群山万壑赴荆门①，生长明妃②尚有村。

一去紫台③连朔漠④，独留青冢⑤向黄昏。

画图省⑥识春风面⑦，环珮空归夜月魂。

千载琵琶作胡语，分明怨恨曲中论。

注释

①荆门：山名，在今湖北宜都西北。

②明妃：指王昭君。

③紫台：紫宫，宫廷。

④朔漠：北方的沙漠。

⑤青冢：指王昭君的坟墓。传说冢上草色常青，故名"青冢"。

⑥省：曾经。

⑦春风面：形容王昭君的美貌。

香喷喷的香溪水

美丽的香溪流经王昭君的故乡——湖北宜昌。

杜甫曾以"咏怀古迹"为题作了五首诗，其中之一就是写昭君故里的。

香溪，这个名字真美呀！为什么叫这个名字？

有人说，昭君常常在小溪里洗手，所以使溪水沾上了香味。

有人说，昭君曾经在小溪边浣纱，溪水因此被染成青绿色，并带有纱巾的香气。

有人说，从前昭君的家里穷得没有镜子，只得在小河边照着水里的影子梳妆，一些胭脂和香粉落进山溪水，化成了小小的桃花水母。每年春天，桃花盛开的季节，成群结队的桃花水母顺流而下，带来了昭君身上的阵阵脂粉香。

还有人说，昭君在出塞前回家探亲，瞧见故乡的青山绿水，忍不住流下眼泪。泪水流进小河，从此这条溪水就散发着淡淡的清香。

说来说去，都和美丽的王昭君有关系。清代诗人凌如焕怀着敬慕的心情，到香溪游览的时候，曾经写过一首《香溪》：

"溪女浣春妆，溪流溅粉香。分明一奁镜，不照汉宫王。"

诗中的"浣春妆""溅粉香"，说的就是上面这些传说。

事实真是这样吗？当然不是的。

香溪发源于原始森林密布的大神农架，是一股碧绿清亮的水流。古人将香溪水描述为"水色如黛，澄清可掬"，可见这股水流多么逗人喜爱。

香溪穿过一座座青山、一片片森林，紧紧挨靠着兵书宝剑峡，笔直向南流进了长江。一股清流汇入长江的浊流，清浊分明。似乎象征着昭君纯洁的灵魂和高尚的品格，使人感慨。

香溪水为什么如此清澈？除了上游森林密布，生态环境良好，还因为它沿着一条近似南北向的断层流动，一些水来自断层东盘石灰岩内部丰富的地下水，沿着断层缝隙过滤后渗流出来，所以泥沙稀少，水流清亮。为什么香溪水还带有一点儿香气？或许就是它带着一些纯朴的山林气息，加上美丽的王昭君，以及桃花水母等各种各样的传说，使人们产生了一种难以述说清楚的心灵反映吧！

黄鹤楼

唐 崔颢

昔人已乘①黄鹤去②，此地空③余黄鹤楼。

黄鹤一去不复返④，白云千载空悠悠。

晴川⑤历历⑥汉阳树，芳草萋萋⑦鹦鹉洲。

日暮乡关⑧何处是？烟波江上使人愁。

注释

①乘：驾。

②去：离开。

③空：只。

④返：通返，返回。

⑤晴川：晴日里的原野。川，平川、原野。

⑥历历：分明的样子。

⑦萋萋：草木茂盛的样子。

⑧乡关：故乡。

黄鹤一去不复返

　　黄鹤楼建在武昌的蛇山之上，相传最早是在三国时期修建的，之后经过多次毁坏和重建，是武汉有名的古迹，江南四大名楼之一。传说从前有一个道士在墙上画了一只黄鹤，伸手一招，黄鹤就飞了下来。后来他骑着黄鹤飞走了，只留下这个神奇的故事。

　　为什么这只黄鹤这么听话？在这个故事里，似乎暗含了它和人们的一段亲近史。自古以来，人们都喜爱鹤，鹤还曾经是最早的宫廷宠物之一呢。据《左传》记载，春秋时期的卫懿公特别爱鹤，甚至还给它们封爵位，让它们乘坐马车。发生战争的时候，人们气愤地说："让鹤去打仗吧！它们有官位，我们怎么能够比得上它们。"到了西晋时期，养鹤成了一种风气，镇守荆州的大将军羊祜还教会了鹤舞蹈，表演给客人看。杭州西湖孤山隐士林逋一生不娶亲，以梅为妻、以鹤为子的故事，就更加有名了。

　　在成都西郊出土的距今2000多年的金沙遗址里，发掘出一块刻有像四鸟绕日图形的金箔，被确定为中国文化遗产标志。我们可以清楚地辨认出四只飞鸟的外形，就是中国人心目中奉为祥瑞的鹤，这应该是最早有记载的关于鹤的图案之一了，可见它在人们心目中的地位有多高。

鹤的种类很多，有白色的丹顶鹤、灰色的灰鹤、灰黑色的蓑衣鹤等。黄颜色的鹤没有听说过，没准儿是神话里杜撰的吧？其中，最有名的是丹顶鹤。丹顶鹤的寿命很长，一般有50~60年，是鸟儿中的"老寿星"。所以从前人们把它和龟并列，作为长寿的象征。在黑龙江齐齐哈尔附近，水草丰美的扎龙自然保护区是一个以保护鹤类为主的保护区。这里不仅有丹顶鹤，还有灰鹤、白枕鹤等许多种类，是名副其实的"鹤乡"。

说起鹤，人们首先想起的一定是丹顶鹤。

瞧哇，它那副与众不同的样子，真的特别显眼呢。又细又长的脖子，又细又长的嘴，又细又长的腿，雪白的羽毛，配上一点儿乌黑的尾羽和翅膀尖儿，头顶上露出一块光秃秃的红褐色头皮，所以叫作丹顶鹤。

它那高傲的神态，飘飘欲仙的样子，活像是一位远离红尘的隐士。难怪人们常常把它当作是仙人的化身，产生了许多和神仙有关联的神话。

这个故事的产生也和周围的环境有关。

黄鹤楼下有一片芳草萋萋的鹦鹉洲。这是一个江心沙洲，和岸边隔开，很少有人干扰。鹤是涉禽的一种，总是慢吞吞地踩着浅水走来走去，寻找鱼虾吃。沙洲旁边的水很浅，正是鹤类觅食的好地方。岸上长满了芳草，也是鹤类隐蔽栖息的理想处所。神话故事不是毫无根据的，古时候这里必定有鹤类活动，人们才会产生相关的联想。

顺便说一下，鹤也是一种候鸟，按照不同的季节南来北往。所以当它飞走时，诗人才有"黄鹤一去不复返"的怅惘。

黄牛谣

长江三峡民谣

朝[1]发黄牛，

暮[2]宿黄牛；

三朝三暮，

黄牛如故。

崖壁上的黄牛

这是自古以来三峡船民口中流传的一首歌谣。拉纤过滩的纤夫们，光着膀子，弯着腰，汗流浃背地拉着纤索。走了一天又一天，也走不完"黄牛"下面的河滩。它是中国古代的《伏尔加船夫曲》，记录了多少劳苦纤夫和船民的辛酸。古往今来往来三峡的旅客，几乎无人不晓。

这首歌谣说的"黄牛"是黄牛崖。

黄牛崖在哪里？在黄牛峡里。

黄牛峡在哪里？就紧挨着长江三峡大坝。

在大坝以下不远，从三斗坪直至莲沱河段的西陵峡中有一个小峡谷，峡谷右岸高高耸起一道陡壁。灰白色的石壁上有一幅黑色的天然图画。图画黑白分明，轮廓十分清楚，远远望去，好像是一个人牵着一头大黄牛，这就是著名的黄牛崖。

传说大禹在三峡治水时十分辛劳，玉帝见工程浩大，便派一头深通水性的神牛下凡，协助他开峡引水。神牛用双角奋力凿穿了一座又一座高山，形成了一道又一道峡谷。有一天早晨，一个农妇给参加治洪的丈夫送饭，在迷蒙的雾气里看见了正在以角触山的神牛，吓得大叫一声。听见叫声的神牛就躲进了石壁，再也不肯出来了。

又有人说，这个妇女瞧见自己的丈夫变得异常高大，正牵着神牛在开山。当她发出惊叫声以后，丈夫和神牛都不见了。所以，至今在崖上还可以看见一个黑色的人影牵着一头黄色的神牛。仔细观察，还能瞧见那个人扛着一把开山的大刀呢！

望着这幅神奇的壁画，人们不禁会问，难道这个故事是真的？还是谁画在岩壁上的？

这不是人间画师的手笔，是大自然这位无所不能的魔术师的杰作。原来黄牛崖壁是震旦系石灰岩，经过水流溶蚀形成暗色的石灰华，看起来就像一头黄牛一样。

由于黄牛崖高达千米，下面的地形异常开阔，很远都能望见它。加上水恶滩险，古代的木帆船逆水而行，全靠人力拉纤过滩，行进速度缓慢，往往走了好几天，回头还能望见黄牛崖。所以李白在《上三峡》这首诗中写道："巫山夹青天，巴水流若兹。巴水忽可尽，春天无到时。三朝上黄牛，三暮行太迟。三朝又三暮，不觉鬓成丝。"

黄牛崖下面有一座著名的黄陵庙，是祭祀大禹和崖上神牛的。北宋范成大在《吴船录》中记述："黄牛峡上有沼川庙，黄牛之神也，亦云助禹疏川者。"说的就是这回事。

庙宇附近就是号称"鬼门关"的崆岭滩，不知吞噬了多少船只。古时候过峡的客商多在此停舟进庙，向禹王和神牛祈祷保佑船行平安，所以香火很盛。

这首歌谣只有简简单单四句，却唱出了千百年来船工们拉纤过崖的艰辛。今天我们乘坐现代化的轮船鼓浪而过，哪会有"三朝三暮"的感觉？已经无法体验当时旅途的寂寞艰苦了。

龟虽寿

汉 曹操

神龟①虽寿，犹有竟②时；

腾蛇③乘雾，终为土灰。

老骥④伏枥⑤，志在千里；

烈士⑥暮年⑦，壮心不已。

盈缩⑧之期，不但在天；

养怡之福，可得永年。

幸甚至哉⑨，歌以咏志。

注释

①神龟：传说中的通灵之龟，能活几千岁。

②竟：终结，这里指死去。

③腾蛇：传说中一种能腾云驾雾的神蛇。

④骥（jì）：骏马，好马。

⑤枥（lì）：马槽。

⑥烈士：有气节有壮志的人。

⑦暮年：晚年。

⑧盈缩：指人寿命的长短。盈，满，引申为长。缩，亏，引申为短。

⑨幸甚至哉：庆幸得很，好极了。幸，庆幸。至，极点。

神龟虽寿

　　乌龟是爬行动物。说起来，因为它动作缓慢，遇到危险时就缩起脑袋，不敢和对手争斗，所以总是受到嘲笑。可是让人们羡慕的是，乌龟的寿命特别长，百岁算不了什么，有的竟能活到300多岁。

　　为什么乌龟能够长寿？原因有许多。

　　它是有名的慢性子，总是慢吞吞地爬来爬去，似乎从来也不着急。有人测算过，它一小时只能爬100多米。

　　乌龟有冬眠的习惯，躲在地下不吃也不动，在漫长的四个多月中以冬眠的方式度过寒冬。除了冬眠，在炎热干旱的夏天，如果天气太热了，它还会夏眠。乌龟是有名的瞌睡虫，常常爬不了几步，就开始打盹儿，一天要睡上

十五六个小时。有人计算，它一年要睡上 10 个月左右，剩下来还有多少日子呢？人类的生命在于运动，乌龟的生命就在于睡觉。因为活动少，所以它体力消耗得也很少，新陈代谢缓慢。

人和动物的细胞可以逐渐分裂更新，延长寿命。乌龟的细胞分裂代数，比其他动物细胞分裂代数多得多。人一般只有 50 代左右，乌龟可以达到 110 代。它能够不断产生新生的细胞，当然能够青春常驻。

乌龟有特殊的心脏机能。乌龟的心脏从身体里取出来后，还能跳动 24 小时左右。这表明它的心脏机能较强，不消说可以对寿命产生重要作用。

乌龟的呼吸方式也很特别。因为它没有肋间肌，所以在呼吸的时候，嘴巴必须一上一下地运动，才能将吸入的空气压送到肺部。脑袋和脚一伸一缩，肺也跟着一呼一吸。这种特殊的呼吸动作，没准儿也是它长寿的原因之一。

有人发现乌龟体内没有致癌因素，所以不会产生可怕的癌变。

乌龟壳很厚也很硬，好像坦克钢板似的，遇到外敌就把脑袋、尾巴和四只脚缩进壳里来保护自己。这样能够保护内脏不受外力伤害，也能减少身体里面的水分流失。

所以称乌龟为长寿冠军，一点儿也不夸张。

秋夕①

唐 杜牧

银烛②秋光冷画屏③，

轻罗小扇④扑流萤⑤。

天阶⑥夜色凉如水，

坐看⑦牵牛织女星⑧。

注释

①秋夕：秋天的夜晚。

②银烛：银色而精美的蜡烛。银，一作"红"。

③画屏：画有图案的屏风。

④轻罗小扇：轻巧的丝质团扇。

⑤流萤：飞动的萤火虫。

⑥天阶：露天的石阶。天，一作"瑶"。

⑦坐看：坐着朝天看。坐，一作"卧"。

⑧牵牛织女星：指牵牛星、织女星。亦指古代神话中的人物牛郎和织女。

轻罗小扇扑流萤

　　杜牧这首诗写得美极了：秋天的夜晚，天气渐凉，一个姑娘坐在院子里，一边拿着薄薄的丝绢制成的扇子扑打萤火虫，一边抬头望着夜空中的牛郎星和织女星。

　　小小的萤火虫好像提着灯笼，在空中一闪一闪地飞来飞去，多么神奇呀。

　　萤火虫在南方的客家话里，叫作"火焰虫"，台湾的土话叫作"火金姑"，这些名字都非常传神地描述了它能发光的特点。

　　五代诗人孙光宪只用六个字描写萤火虫："泛流萤，明又灭。"把萤火虫拖着微弱的亮光，闪闪烁烁的特点展现得淋漓尽致。

　　萤火虫一闪一闪的，是为了照亮前面的路吗？

　　不，它习惯了夜生活，压根儿就不用点起"灯笼"照亮。这是它们在用无声的语言互相传递信息。

　　萤火虫一闪一闪的，在传递什么信息？

　　它们使用这种奇妙的讯号，是在互相辨识身份和打招呼。其中大多数是雄虫和雌虫互相传递感情，表明自己的位置。

萤火虫到底有多亮？

传说古时候还有一位穷书生，抓来几只萤火虫，借用它们的亮光来读书、学习。

在南美洲和非洲的热带雨林里，有的萤火虫特别大、特别亮。人们抓来几只萤火虫，放在鞋尖上，就可以照亮脚下的道路。也有一些爱美的姑娘，把绿莹莹的萤火虫装进薄薄的纱袋，戴在头上作为别致的装饰品。这种头饰比贵重的宝石更加吸引人。

萤火虫的亮光有什么特点？

南朝梁元帝萧绎在《咏萤火》这首诗中描述道："着人疑不热，集草讶无烟。到来灯下暗，翻往雨中然。"诗中提出了一连串奇怪的现象，把萤火描写得非常有趣：萤火虫一点儿也不烫，沾着草不冒烟。飞到灯面前反而不亮了，飞进雨中却还在燃烧。这首诗简直像是一个有趣的哑谜，等着人们去猜想。

请问，这是怎么一回事？

原来萤火虫发光是一种特殊的生理现象。

萤火虫尾巴上的萤火并不是真正燃烧的火焰，而是一种特殊的冷光。

萤火虫尾部最后两节有特殊的发光器官，里面一些发光细胞含有一种荧光素和荧光素酶，与通过呼吸系统进入的氧气接触后，产生化学能，再转变为光能，发出一种特殊的冷光，光线非常柔和。因为不是火光，所以它当然一点儿也不烫，也不会被雨水浇灭了。

萤火虫呼吸一起一伏，输入的氧气也一下多，一下少，所以形成的荧光一明一暗，看上去就是一闪一闪的了。

次①北固山②下

唐 王湾

客路③青山④外，行舟绿水前。

潮平两岸阔，风正⑤一帆悬⑥。

海日生残夜⑦，江春⑧入旧年。

乡书⑨何处达？归雁⑩洛阳边。

注释

①次：旅途中暂时停宿，这里是停泊的意思。

②北固山：在今江苏镇江北，三面临长江。

③客路：旅人前行的路。

④青山：指北固山。

⑤风正：顺风。

⑥悬：挂。

⑦残夜：夜将尽未尽之时。

⑧江春：江南的春天。

⑨乡书：家信。

⑩归雁：北归的大雁。大雁每年秋天飞往南方，春天飞往北方。古代有用大雁传递书信的传说。

潮打空城寂寞回

这是诗人乘船来到北固山下，写的一首风景诗。

北固山位于江苏镇江城外的长江边。这里距离大海还有很长一段距离，为什么诗中提到"潮平"两个字？"潮"就是潮水，是受潮汐影响而定期涨落的水。北固山下怎么会有海边涌流来的潮水呢？

别以为镇江的北固山下有潮水不可理解。在它的上游南京，还有更加汹涌的潮水呢。

你不信吗？请看唐朝刘禹锡写的《石头城》："山围故国周遭在，潮打空城寂寞回。淮水东边旧时月，夜深还过女墙来。"

请看，诗中有"潮打空城"，又静悄悄"回"的情况。"打"字加上"回"字，把潮水涨起又退落的情况描述得一清二楚。从诗句里仿佛还能听见波涛一下又一下拍打岸边的声响。

话说到这里，人们不由会提出疑问：镇江和南京并不临海，海边的潮水怎么会涌流到这里，是不是诗人写错了？

不是的，古时候长江下游河谷里的确有潮汐现象，潮水可以一直涌流到扬州附近。古代扬州叫广陵，所以叫作广陵潮，和山东青州潮、浙江钱塘潮一起，称为"天下三大潮"。西汉枚乘在《七发》中就曾经描写过广陵潮水的盛况，涨潮之时"状如奔马""声如雷鼓""遇者死，当者坏"，一点儿也不比钱塘潮差。曹操的儿子曹丕看到广陵潮，曾经发出惊叹。南朝乐府民歌《长干曲》中描述道："逆浪故相邀，菱舟不怕摇。妾家扬子住，便弄广陵潮。"也可以作为证明。

据《南齐书》记载，当时"每以秋月多出海陵观涛，与京口对岸，江之壮阔处也"。海陵在今天的江苏泰州附近，京口就是镇江，盛况和今天的钱塘江观潮完全一样。

为什么古时候扬州一带也有汹涌的潮水？因为当时的地形条件和今天大不一样。那时候长江口就在扬州和镇江一带，和钱塘江一样，也是一个面向大海的喇叭状河口，潮水可以直接涌流进来。后来随着泥沙淤积越来越多，长江口逐渐向今天的位置移动。扬州、镇江等地逐渐远离大海，潮汐现象也就慢慢消失了。

诗经·小雅·鹿鸣

呦呦①鹿鸣，食野之苹。我有嘉宾，鼓瑟吹笙。
吹笙鼓簧，承筐是将。人之好我，示我周行②。

呦呦鹿鸣，食野之蒿③。我有嘉宾，德音④孔⑤昭。
视⑥民不恌⑦，君子是则⑧是效。我有旨酒，嘉宾
式燕⑨以敖⑩。

呦呦鹿鸣，食野之芩。我有嘉宾，鼓瑟鼓琴。
鼓瑟鼓琴，和乐且湛。我有旨酒，以燕乐嘉宾之心。

注释

①呦呦：鹿的叫声。朱熹《诗集传》："呦呦，声之和也。"

②周行（háng）：大道，引申为大道理。

③蒿：又叫青蒿、香蒿，菊科植物。

④德音：符合道理的话。

⑤孔：很。

⑥视：同"示"。

⑦不恌：不轻薄。

⑧则：法则，楷模，此作动词。

⑨燕：安。

⑩敖：舒畅快乐。

呦呦鹿鸣

听啊，一群鹿在野地里时而呦呦叫，时而低着头静静地吃草。我请来许多嘉宾，边喝酒、边弹琴吹笙，多么快乐呀！

这首两三千年前的民歌，勾绘出一幅和谐的生活画面。

鹿，多么可爱的动物。它在这首诗里，衬托出了一种平和、欢快的气息，如果换一种动物，这首诗未必能有这样的意境了。

谁都知道，鹿性情温和，十分机灵，胆子特别小，身材轻巧，跑得像风一样快，能够生活在森林、草原、荒漠、苔原等各种各样的环境中。它没法儿和凶猛的肉食动物争斗，只有依靠警惕性高，动作灵活，跑得快，以及身上的保护色等自身优势，才能够在大自然里生存下来。

鹿是一种常见的动物，它的种类很多，共有 16 属大约 52 种。不管寒带、温带和热带，全世界除了南极大陆，几乎到处都有分布。由于生活环境不一样，鹿的种类特别多，不同种类间的形态也有很大的差别。最大的是驼鹿，分布在北极圈附近，我国只有黑龙江北部的森林里才有它的踪迹。驼鹿肩高将近2米，身体非常结实，和牛一样大。最小的是鼷鹿，我国云南南部勐腊的热带密林里有分布，它的个头儿和兔子差不多，身长40多厘米，体重仅有2千克左右。

常见的鹿还有梅花鹿、白唇鹿、驯鹿等。獐、麂、麝等也是鹿家族的成员。

中国的鹿种类很多，无论属和种，都占世界的一半左右。其中古怪的"四不像"是中国独有的，和大熊猫一样珍贵，属于国家一级保护动物。"四不像"其实是麋鹿的别称，它的犄角像鹿，面部像马，蹄子像牛，尾巴像驴。从整体看，却又似鹿非鹿，似马非马，似牛非牛，似驴非驴，所以被称作"四不像"。

这首诗说鹿吃"苹""蒿""芩"，这些是什么植物？"苹"是艾蒿，"蒿"和"芩"也是蒿类植物。

鹿真的只吃蒿类植物吗？不，它的食物很广泛，不仅仅只吃一般的蒿类植物，包括草、树叶、果实、种子、花、地衣、苔藓、树皮、嫩树枝，甚至粗硬的灌木枝等，几乎什么植物都吃。要不，它怎么能够适应不同的生活环境呢。

村居

宋 张舜民

水绕陂田①竹绕篱，

榆钱②落尽槿花稀。

夕阳牛背无人卧，

带得寒鸦两两③归。

注释

①陂田：山田。

②榆钱：即榆荚，形如钱，色白成串，故俗称榆钱。

③两两：成双成对。

夕阳牛背无人骑，带得寒鸦两两归

奇怪，真奇怪，牛背上不见放牛娃，却骑着几只小小的乌鸦。

乌鸦也会放牛吗？当然不会。

乌鸦骑牛，因为它有比牛还大的本领吗？当然不是。

乌鸦不会放牛，也没有驾驭牛的本领，牛凭什么乖乖地让它骑？这是一种特殊的动物共栖现象。

要说清楚这个问题，得要从犀牛背上的小鸟说起。

犀牛的背上常常有几只活泼的黑色小鸟跳来跳去，一点儿也不害怕犀牛发脾气。平时脾气火爆的犀牛也不会伤害它们，好像驮着尊贵的客人似的，任凭它们在自己的背上蹦蹦跳跳，东啄啄，西啄啄。

为什么犀牛能容忍这些小鸟在自己的背上乱啄乱跳？因为这些鸟儿在犀牛的皮肤褶皱里寻找寄生虫吃。讨厌的寄生虫把犀牛弄得浑身发痒，还会生皮肤病，它自己没有办法搔痒或抓这些寄生虫，只好让鸟儿帮助它，啄掉寄生虫和虫卵。小鸟远远地瞧见凶猛的野兽走过来，还会飞起来为犀牛报警呢。人们见惯了它们在犀牛背上自由自在地蹦蹦跳跳，干脆就把这种小鸟叫作犀牛鸟。

这种动物之间互相帮助的事情，就是动物的共栖现象。

共栖现象的例子还有很多：

寄居蟹躲在空螺壳里，把螺壳当成自己的小房子。海葵喜欢趴在寄居蟹的"房子"上面，让寄居蟹带着自己四处走。如果遇着敌害，海葵就用身上的刺细胞发出刺丝蜇敌人来保护寄居蟹。

野山羊紧挨着火鸡休息，让火鸡给自己充当报警的卫兵。到了严冬找不到食物的时候，野山羊在雪地里刨出青草，火鸡也可以跟着吃一些。

有一种燕千鸟，甚至敢在鳄鱼的牙齿缝里找东西吃。鳄鱼张开大嘴巴，任它在里面吃东西，也算给自己剔牙。燕千鸟吃饱了肚子，也给鳄鱼解除了痛苦，有什么不好？

给人方便，自己也方便。动物之间的这种共栖关系的例子，说也说不完。

滕王阁序（节选）

唐 王勃

　　时维①九月，序②属三秋③。潦水④尽而寒潭清，烟光凝而暮山紫。俨⑤骖騑于上路，访风景于崇阿；临帝子之长洲，得天人之旧馆。层峦耸翠，上出重霄；飞阁流丹，下临无地。鹤汀凫⑥渚，穷岛屿之萦回；桂殿兰宫，即冈峦之体势。

　　披绣闼，俯雕甍，山原旷其盈视，川泽纡其骇瞩。闾阎扑地，钟鸣鼎食之家；舸舰弥津，青雀黄龙之舳。云销⑦雨霁⑧，彩⑨彻区明。落霞与孤鹜齐飞，秋水共长天一色。渔舟唱晚，响穷⑩彭蠡⑪之滨；雁阵惊寒，声断衡阳之浦。

　　……

109

注释

① 维：此字为句中语气词，不译。

② 序：时序（春夏秋冬）。

③ 三秋：季秋，这里指秋天的第三个月，即九月。

④ 潦水：蓄积的雨水。

⑤ 俨：同"严"，整齐的样子。

⑥ 凫：野鸭。

⑦ 销："销"通"消"，消散。

⑧ 霁：雨过天晴。

⑨ 彩：日光。

⑩ 穷：穷尽，引申为"直到"。

⑪ 彭蠡：古代大泽，即今鄱阳湖。

落霞与孤鹜齐飞

时值深秋，洪水消退了，水潭清亮了，远山似乎也有些"消瘦"了。在阵阵秋风下，鄱阳湖的风光也发生了一些变化，和汹涌澎湃的洪水季节有些不一样。

啊，鄱阳湖毕竟是鄱阳湖。尽管季节变化，依旧是一片烟波浩渺。

看哪，一只离群的野鸭扇动着翅膀，迎着晚霞越飞越远，慢慢融入远方的天空。霞光映照下的脉脉秋水，一直延展到天际线。好一幅充满诗意的风景画，令人难忘。

在这片广阔的天地间，只有一只孤零零的野鸭吗？

噢，不，才不是这样呢。

听吧，随风传来一声声吱吱嘎嘎的鸣叫。

看哪，空中盘旋着一些小黑点儿。有的高，有的低，似乎在对湖上最后一点儿余光恋恋不舍，转了一圈又一圈，不肯一下子飞落下去。

那也是鄱阳湖上的鸟儿呀！

鄱阳湖上岂仅是"落霞与孤鹜齐飞"，还有数不清的鸟儿藏在这里或那里，等待着人们去发现、认识它们。

鄱阳湖就像是拴在长江腰上最大的一个水葫芦，早已胜过了往昔的八百里洞庭湖，成了不折不扣的"湖老大"。它不仅湖面宽阔，湖滨还有大片的湿地，是越冬水鸟理想的栖息地，招引来数不清的候鸟，成了鸟儿的天堂。

秋天，这里并不萧瑟，反倒是热闹非凡。待到秋风起，成群结队的鸟儿就从千里万里远的地方飞来，欢声鸣叫着，聚集在鄱阳湖的湿地上，使冷冷清清的秋天变得热闹起来。

据统计，这里有300多种鸟类，包括国家一级保护鸟类11种，二级保护鸟类44种。每到候鸟回归的季节，天空中一群群鸟儿遮天盖地飞来，形成了"飞时遮尽云和月，落时不见湖边草"的景象，壮观极了。

　　这里的白鹤最多，1993 年 12 月 6 日，仅在一个角落里就有 2892 只！有人估计，这里的白鹤占全世界白鹤数量的 98%。再加上丹顶鹤和黑鹳等珍贵品种，以及天鹅、野鸭等水禽，这里真是名副其实的"白鹤世界"和"水鸟王国"。

长相思①·汴水流

唐 白居易

汴水②流，泗水③流，流到瓜州④古渡头。吴山⑤点点愁。

思悠悠⑥，恨悠悠，恨到归时方始休。月明人倚楼。

注释

①长相思：词牌名，调名取自南朝乐府"上言长相思，下言久离别"句，多写男女相思之情。

②汴水：源于河南，东南流入安徽宿县、泗县，与泗水合流，入淮河。

③泗水：源于山东曲阜，经徐州后，与汴水合流入淮河。

④瓜州：在今江苏扬州南。

⑤吴山：泛指江南群山。

⑥悠悠：深长的意思。

吴山点点愁

请看，诗人描写的吴山是"点点"的。

吴山指的是江南的山。

山，就是山，为什么写成"点点"？

五代南唐的冯延巳，同样描写吴山，也写道："春艳艳，江上晚山三四点。"

不同朝代的诗人描写同样的"吴山"，不约而同都选用"点点"这两个字，可见这就是"吴山"的特点了。

文学家描写山，不是称赞它高大雄伟，就是形容它连绵不绝。前者写的是高峰，后者写的是山脉，都是常见的山的样子，却没有谁把山形容成"点点"的。在人们心里，所谓"点点"，就是一点点，实在太渺小了，怎么能够和山的高大形象相提并论。

话虽然这样说，诗人们却偏偏要把吴山描绘成"点点"。

请问，为什么诗人这样写呢？总有他们的原因。

说来其实很简单，当时他们看见的吴山就是这个样子的。

白居易在什么地方见过吴山？

是在瓜洲古渡头。

这里位于江苏镇江附近的长江边。隔着宽阔的江面望去，瞧见江南的山头非常低矮，谈不上什么高峰，甚至在走遍天下、阅历丰富的人们眼里，简直不配叫作"山"。江南的山几乎都是一个个互不连接的小山包，无法形成山脉。从前那些形容山的形态的字句，在这里统统用不上。倒是"点点"两个字，能非常传神地描写出这些小山包的神态特点。

为什么江南散布着这些孤立低矮的小山包呢？

地质学家说："这是侵蚀残丘呀！"

侵蚀残丘是经过长期风化剥蚀后残留的小山包。大多数是孤立的，虽然也有些互相连接着，却谈不上是山脉。既然东一个、西一个，各自峙立在平原上，相互隔得很远，当然就是"点点"哪！

你想看侵蚀残丘到底是什么样子吗？请看苏州的虎丘，无锡的惠山和上海附近的昆山吧。仔细品味一下，就觉得白居易用"点点"两个字，描写这些不高也不连接的侵蚀残丘，完全符合地貌学的含义，真是妙极了。

鸳鸯

无名氏

南山一树桂，
上有双①鸳鸯。
千年长交颈，
欢爱不相忘。

①双：一对。

南山一树桂，上有双鸳鸯

鸳鸯总是打扮得漂漂亮亮的，在水上游来游去，好像是花枝招展的水上模特儿，吸引着人们的眼球。谁都会不由自主地转过身子，多看它们几眼。

鸳鸯到底是什么样子？

猛一看，它很像小鸭子，可是羽毛非常华丽，比鸭子漂亮得多。要说所有的鸳鸯都很漂亮，是美的象征，那也不见得。和一些鸟儿一样，鸳鸯只有雄鸟的羽毛五彩缤纷，脑袋上飘动着长长的羽冠，翅膀上还竖起一对栗黄色的羽毛，好像小小的船帆似的，十分惹人注目。雌鸟身上就比较朴素，没有这么好看了。

为什么雄鸟要打扮得那样花里胡哨的？因为它们要讨雌鸟喜欢，所以才精心装扮自己。雌鸟是等着雄鸟来求婚的，就不用这样挖空心思打扮自己了。

鸳鸯啊，美丽的爱情鸟，总是成双成对地在水上浮游，一会儿肩并肩慢慢游着，一会儿一前一后跟随着，身影投映在起伏荡漾的水波里，一刻也不分离，好像是一对正在度蜜月的情侣。

传说如果一只鸳鸯不幸死了，另一只鸳鸯就会围绕在伴侣的身边不停地悲伤地叫着，最后也同归于尽。

这是真的吗？有诗为证。

杜甫写道："合昏尚知时，鸳鸯不独宿。"卢照邻写道："得成比目何辞死，愿作鸳鸯不羡仙。" 黄庭坚写道："五老峰前万顷江，女儿浦口鸳鸯双。"这样赞美和表露鸳鸯成双成对生活的诗，一下子说也说不完。《古今注》中记载得更加清楚，据说"鸳鸯雄雌不相离，人获其一，则一相思而死"， 真是高尚纯洁的爱情典范。

这是真的吗？有科学资料为证。

动物学家仔细研究了以后，认为事实真相并不像人们想象的那样。

鸳鸯和别的候鸟一样，也随着季节南北迁移。当它们成群结队飞来飞去时，并没有固定的伴侣。只是在繁殖季节，才临时结合在一起，整天形影不离地在水上游荡着，使人们误以为它们是一对忠贞的情侣。

噢，原来是这么一回事。说起来，它们之间并没有海枯石烂的爱情，只不过是暂时的伴侣而已。